Hochzeit in den Bergen

Dieses Buch spielt;

Mittlerer Westen der USA

1937

© 2024 christine Stutz
Verlag: BoD · Books on Demand GmbH,
In de Tarpen 42, 22848 Norderstedt, bod@bod.de
Druck: Libri Plureos GmbH, Friedensallee 273,
22763 Hamburg
ISBN: 978-3-7693-1852-4

Prolog

Nervös stand ich Doktor Spencer Darwin gegenüber. Der beliebte und geachtete Oberarzt des Krankenhauses, hatte mich, die einundzwanzig jährige Krankenschwester Mary Salomon, zu sich, in sein Büro gerufen. Der gutaussehende Mann sah mich forschend an. Er kam um seinen imposanten Schreibtisch und reichte mir seine Hand. „Lieben sie mich Mary?" Fragte er und lächelte als ich hochrot anlief. Das schien dem Mann als Antwort zureichen, denn er senkte seinen Kopf und küsste mich liebevoll. Er zog einen Ring aus seiner Tasche. „Willst du mich heiraten, Mary Salomon?" fragte er dunkel und steckte mir den Ring an den Finger als ich verlegen nickte. Wieder küsste Spencer Darwin mich.

„Was wollte Spencer Darwin von dir?" Fragten mich neugierig meine Freundinnen und Kollegen zehn Minuten später. Sie alle hatten in der großen Eingangshalle auf mich gewartet. Aufgeregt lief ich zu ihnen. „Hoppla, junge Frau. Wohin so eilig?" Fragte mich ein Hüne von Mann, der mir gerade noch ausweichen konnte. Er grinste breit. Doch das interessierte mich nicht. „Ich werde heiraten! Spencer Darwin hat mir einen Heiratsantrag gemacht!" Rief ich glücklich zu meinen Freunden. Ich hörte überraschte Ausrufe und Glückwünsche.

„Ausgerechnet meine beste Krankenschwester muss der Mistkerl sich aussuchen. Arme Schwester Mary. Sie rennt direkt in ihr Unglück."

Sagte der Mann neben dem Hünen. „Komm, Jacob. Ich zeige dir meine Abteilung." Der Arzt stieß seien Freund an. Doch Hüne war erstarrt. Sein Blick blieb auf der jungen Schwester hängen. „Mary also. Mary heißt meine zukünftige Ehefrau." Scherzte er dann breit grinsend.

Drei Wochen später

Ich würde heiraten.

Etwas, wovon ich immer geträumt hatte. Obwohl mir jeder sagte, dass ich zu temperamentvoll für einen Mann wäre. Ich war sehr selbstbewusst. So sagte mein Großvater immer liebevoll. Egal, als älteste Tochter in einem Haus mit sieben Kindern, musste ich energisch werden. Etwas anderes blieb mir nicht übrig. Ich musste früh Verantwortung übernehmen. Meine Eltern verließen sich auf mich. Sie mussten beide arbeiten, um uns alle zu ernähren. Ich lernte schnell, Windeln zu wechseln und Essen zu kochen. Es war also mein Weg, Krankenschwester zu werden. Ich war eine gute Krankenschwester, mit reichlich Erfahrung, rund um Kinderkrankheiten, dachte ich selbstironisch. Meine sechs Geschwister ließen nichts aus. Ob Mumms, Scharlach oder Angina.

Egal, während meiner Ausbildung lernte ich Spencer kennen. Doktor Spencer Darwin, Stationsarzt und Schwarm aller Krankenschwestern. Ich war damals naiv in meine Ausbildung gestolpert, ohne Wissen, was das Leben in einer großen Stadt bedeutete. Mein Leben hatte sich immer in unserer kleinen Stadt, mit viel Wald und Bergen abgespielt. Hier lebten etwa Zweihundert Menschen, man kannte sich. Jedenfalls hatte ich, Landpomeranze, mich augenblicklich in Spencer verliebt. In den gutaussehenden, sehr reichen Arzt. Kaum zu glauben, aber es erging Spencer genauso. Jetzt waren wir verlobt. Heiligabend wollten wir heiraten. Das war in nicht einmal acht Wochen. Das war etwas, was meinem Vater Magenschmerzen bereitete. Es ging ihm zu *schnell. Er sagte immer, wir sollten uns mehr Zeit geben, uns besser kennen zu lernen. Doch Spencer konnte sehr überzeugend sein. Jetzt stand unser Termin fest.*

Heute feierten wir unsere Verlobung bei mir zuhause. Es würde eine große, fröhliche Feier werden. Alle Nachbarn der näheren Umgebung waren anwesend. So war der Brauch, jeder hatte etwas mitgebracht, man teilte das wenige, was man hatte. Jetzt fehlte nur noch Spencer. Mein Verlobter ließ sich Zeit. Ich wusste, er fühlte sich unwohl unter meinen Leuten. Er konnte unsere Probleme hier nicht nachvollziehen. Den Kampf um das alltägliche Leben. Er kannte so etwas nicht. Er kam aus einen reichen Elternhaus. Doch er hatte versprochen, heute mit uns zu feiern. Das war er meinen Eltern schuldig, so sagte er schmunzelnd. Schließlich nahm er ihnen ihr bestes Kind.

Mein Blick ging wieder vor die Tür. Wo blieb Spencer denn nur. Er wollte doch schon vor einer Stunde hier sein. Langsam wurde es peinlich, dachte ich frustriert. Was hielt Spencer denn nur ab. Ich hörte schon die scharfen Spitzen unserer Nachbarin. Mrs. Miller teilte gerne aus. Fast jeder in unserer Gemeinde fürchte die Sprüche dieser Frau.

Endlich hielt draußen ein Auto. Glücklich warf ich mir meinen Mantel über und lief durch die große Haustür in den Vorgarten. Dort erkannte ich jetzt eine hochgewachsene Männergestalt in der Dunkelheit stehen. Zögernd, sich umsehend. „Endlich, Spencer. Ich habe mir schon Sorgen gemacht." Hauchte ich erleichtert und umarmte den Mann. Ich legte meine Lippen auf seinen Mund und küsste ihn leidenschaftlich. Er erwiderte den Kuss und mir wurde schlagartig klar. So leidenschaftlich küsste mein Verlobter nicht. Das hier, das war nicht mein Verlobter Doktor Spencer Darwin. Ich küsste soeben einen fremden Mann. Sein dunkles Lachen war die Antwort auf mein empörtes Aufstöhnen. Ich riss mich los und hob meine Hand, bereit den fremden Mann eine Ohrfeige zu verpassen. Doch der fremde Mann lachte darüber.

„Na, das ist mal eine Begrüßung, Lady. War ein netter Kuss, keine Frage. Ich bin Jacob Hallmann. Der neue Arzt. Der Nachfolger von Doktor Taler." Stellte sich der Mann vor.

1 Kapitel

„Und das berechtigt sie, in meine Verlobungsfeier zu stürmen? Sie sind nicht eingeladen!" Fauchte ich den fremden Mann wütend an. Er bekam meinen Frust über Spencers Verspätung voll ab, das merkte ich und bedauerte meinen harten Ton augenblicklich. Dieser Jacob grinste breit, das machte mich noch wütender. „Sie haben anscheinend ihren flüchtigen Verlobten erwartet. Nun, da kann ich nicht helfen. Ich bin nur hier, um mir die Schlüssel für die alte Arztpraxis zu holen. Ich wollte heute Abend einziehen. Von einer Feier wurde mir nichts gesagt. Man sagte mir nur, dass ich hier den Schlüssel bekomme." Erklärte er mir dann geduldig. „Wären sie meine Verlobte, ich würde nicht zu spät kommen." Scherzte er dann

leise. Jetzt wurde ich rot. Der Mann war die Ruhe selbst, ging mir durch den Kopf. Gute Eigenschaft für einen Arzt. Warum dachte ich ausgerechnet jetzt daran? Ich räusperte mich. „Ja, ich habe die Schlüssel. Ich bin Mary Salomon. Da ich Krankenschwester bin, habe ich die Praxis, so gut es ging, offen gelassen." Sagte ich und holte tief Luft. „Mein Verlobter ist ein vielbeschäftigter Mann. Er ist Oberarzt im Krankenhaus der Hauptstadt. Wahrscheinlich hat er einen Notfall reinbekommen." Verteidigte ich Spencer. Ich log, denn ich wusste, so spät arbeitete Spencer nie. Wo blieb er denn nur. Gerade jetzt könnte ich ihn gebrauchen. Der Mann vor mir, machte mich nervös. Seine Größe und sein Grinsen machten mich verlegen. Mehr als gut war.

„Lassen sie mich raten. Ein gutaussehender, junger Arzt, im gestärkten, weißen Kittel. Der Patienten mit dem Geldbeutel, statt dem Herzen behandelt." Sagte Jacob Hallmann jetzt ernst, fast böse. Das ließ mich zusammenschrecken. Jetzt sah ich endlich Spencers Wagen vorfahren. Erleichtert winkte ich Spencer zu mir.

„Entschuldige meine Verspätung, Liebes. Aber mein Chefarzt kam vorbei, gerade als ich mich umziehen wollte. Du kennst seine langatmigen Reden." Sagte Spencer lächelnd und küsste meine Wange. Spencer hatte getrunken. Ich roch den teuren Whisky, doch ich schwieg dazu. Heute feierte ich Verlobung und würde mich nicht ärgern lassen. „Das ist Jacob Hallmann, der neue Landarzt. Der Nachfolger von Doktor Taler." stellte ich den Mann neben mir vor. Spencer runzelte etwas seine Stirn und warf seine kunstvoll frisierten Haare zurück. „Und weswegen steht ihr in dieser Kälte draußen? Was soll der Unsinn. Lasst uns diese Bauernfeier hinter uns bringen. Sie sind also auch Arzt. Da habe ich wenigsten Gesprächsstoff. Nichts für ungut, Mary. Aber deine Leute reden immer über ihr Vieh oder die nächste Ernte." Sagte Spencer jetzt lachend. Er schob mich ins Haus. Jacob Hallmann folgte uns schweigend. „Ich hole ihnen die Schlüssel, einen Moment bitte." Sagte ich brüchig. Plötzlich schämte ich mich für meinen Verlobten. Seit wann sprach Spencer so abfällig über meine Familie, überlegte ich. Doch mir fehlte die Zeit, darüber nachzudenken. Denn sofort wurde Spencer mit Beschlag belegt. Mein Verlobter war eine Berühmtheit hier. Er, der bekannte Stadtarzt, der eine von ihnen heiraten wollte. Ich drängte mich zu Vater durch. Er stand etwas abseits des Geschehens und sah allem nur zu. Vater war nicht gerade ein Fan von Spencer, das wusste ich. Am meisten störte Vater, dass ich nach unserer Hochzeit, meinen Beruf aufgeben sollte und nur Hausfrau werden würde. Vater hatte darüber lange mit Spencer gesprochen, doch mein zukünftiger Ehemann war da eisern. Ich sollte den Haushalt führen, damit hätte ich genug zu tun. So bestimmte Spencer. Vater war der Meinung, dass ich damit meine lange Ausbildung verschenkte. Dass ich mich irgendwann langweilen würde. Ich wäre eine ausgezeichnete Krankenschwester, die durchaus eine gute Ärztin abgeben würde. Leider fehlte dafür das Geld. Diese Ausbildung war schlicht zu teuer. Abgesehen von der Tatsache, dass es kaum weibliche Ärzte gab.

Ich trat zu Vater. „Der neue Arzt, der Nachfolger von Joe ist hier, Dad. Es wäre nett, wenn du ihn begrüßen würdest. Er steht dort drüben an der Tür." Sagte ich und wies mit der Hand in die Richtung. Dort stand der große, breite Mann und ließ mich nicht aus den Augen. Vater nickte schwer. Dann ging er. Ich holte die Schlüssel und folgte ihm.

„Sie sind also der neue Arzt hier. Dann machen sie sich auf Bezahlungen mit Hühnern, Eiern, Obst und frisch gebackenen Brot gefasst. Bargeld werden sie in dieser Gegend selten zu sehen bekommen." Hörte ich Spencers Stimme lachend sagen. So, als habe er einen Witz gemacht. Vater räusperte sich leise. „Deswegen hast du das Angebot abgelehnt, Spencer, es wäre doch schön gewesen. Mary in unserer Nähe zu behalten." Murmelte Vater. Ich wurde hellhörig. Vater hatte Spencer den Job angeboten? Das war mir neu. Jacob Hallmann grinste breit. „Ich liebe Brathuhn und Hühnersuppe ist gesund. Eier und Obst kann man nicht genug haben und frisches Brot schmeckt am besten. Ich bin rundum zufrieden damit. Mir sind die Menschen wichtig, nicht ihre Geldbeutel." Sagte der Mann dann streng. „Ich bin lange gefahren und recht müde, Mister Salomon. Wir werden uns bestimmt morgen unterhalten. Guten Abend noch." Sagte er weiter und nahm den Schlüsselbund von mir entgegen. Dann klappte die Tür und er war weg. Sprachlos sah ich dem Mann hinterher. So hart hatte noch niemand gewagt, mit Spencer zu reden, dachte ich erschrocken und erinnerte mich an meine Ausbildung. Niemand hatte gewagt, Spencer zu widersprechen.

„Das ist mal ein Mann mit gesunder Meinung. Der wird hierher passen." Sagte Vater und ich wusste, was er damit andeuten wollte. Ich griff Spencers Arm und zerrte den Mann in die, zum Glück, leere Küche. „Was ist heute nur los mit dir, Spencer. So kenne ich dich nicht!" Schimpfte ich los, kaum dass die Tür geschlossen war. Ich war mehr als wütend. Denn so kannte ich Spencer Darwin nicht. Sonst war der Mann doch immer freundlich meiner Familie gegenüber gewesen. Es hatte ihn nie gestört, dass wir vom Land kamen. Er war doch sonst immer aufgeschlossen gewesen und hatte nicht geurteilt. Was hatte sich geändert?

„Sprich mit mir, Spencer. Ich werde deine Frau."
Sagte ich besorgt.

„Es ist momentan nicht einfach, Mary. Dein Vater verlangt, dass ich alles aufgebe, um hier die Provinz-Praxis zu übernehmen. Ich soll Bauern und Landwirte behandeln. Ab und zu auch ihr Vieh. Ich bin Oberarzt! Das versteht dein Vater nicht. Das übersteigt seinen Horizont. Nichts für ungut. Heute war er unheimlich stolz auf diesen Jacob Hallmann. Du hättest hören sollen, wie dein Vater den neuen Arzt vorgestellt hat! Als wäre er der neue Messias." Schimpfte Spencer los. Dann raufte er sich seine Haare. „Dein Vater will dich nicht verlieren, Liebes. Das verstehe ich natürlich. Aber der Chefarzt kam heute nicht ohne Grund vorbei. Er hat einen Chefarztposten in Detroit für mich in Aussicht. Stell dir vor, Detroit. Welch Chance für meine Karriere. Und du wärst meine Frau. Die wunderschöne Chefarztfrau. Was für Aussichten. Das muss ich erst mal verarbeiten." Erklärte Spencer weiter. Er sah nicht, wie ich geschockt die Augen aufriss. Detroit, das waren zwei Tage mit dem Zug von hier zuhause. Das würden meine Eltern sich nie leisten können. Und die ganze Familie schon gar nicht. „Detroit? Aber meine Familie ist hier. Meine Eltern, meine Geschwister. Was ist damit? Ich hatte nach unserer Hochzeit eigentlich geplant, einmal die Woche herzukommen. Zum gemeinsamen Essen. So hatten wir es doch besprochen." Sagte ich brüchig. Spencer lächelte charmant. Etwas, dass mich bislang immer beruhigt hatte. „Das wird sich alles finden, Mary. Wir können deinen Eltern doch zu Weihnachten Zugkarten schenken. Und dann feiern wir mit ihnen in unserem neuen Haus. Deine Geschwister sind alt genug, die Feiertage allein zu gestalten. Lass uns deswegen nicht streiten. Es wird sich alles finden, da bin ich mir sicher. Dein Vater will meiner Karriere bestimmt nicht im Weg stehen. Denke auch an unsere zukünftigen Kinder. Was für glänzende Schulbildung sie in Detroit erhalten könnten." Sagte Spencer dunkel. Er wusste. Ich liebte seine dunkle Stimme. „Noch ist nichts beschlossen. Es war nur eine Idee. Zerbrich dir also nicht deinen hübschen Kopf. So etwas gibt nur Fakten, Komm, küss mich lieber." Spencer zog mich an sich. Er küsste mich leidenschaftlich. Ich liebte seine Küsse. Doch heute schmeckte ich nur angestandenen Alkohol und Bitterkeit. Ich war erleichtert als er mich wieder losließ. Der Kuss von Jacob Hallmann fiel mir wieder ein und ich wurde rot. Warum musste ich ausgerechnet jetzt daran denken?

Spencer führte mich zurück in den großen Saal und bat um Ruhe. Dann zog er eine kleine Schachtel aus seiner Tasche und präsentierte einen atemberaubenden Verlobungsring. Von allen Seiten waren Entzückungsrufe zu hören. Mit einer eleganten Bewegung steckte er mir den Ring an den Finger. Applaus brandete auf. Jeder wollte uns gratulieren. Man drängte sich um uns, jeder wollte den teuren Ring bewundern. Nur mein Vater wandte sich schweigend ab. Meine Mutter zuckte mit den Schultern. Dann folgte sie Vater. Ich sah den beiden nach. Die beiden waren für mich das Vorbild einer guten Ehe, dachte ich nachdenklich. Mutter hatte immer mitarbeiten müssen. Trotzdem hatte sie stets Zeit für uns

Kinder. Vater wusste immer Rat. Das machte ihn aus. Jeder kam gerne mit seinen Problemen zu Ernst Salomon. Ob wir Kinder oder Freunde, Nachbarn. Jeder konnte sich auf Vaters Verschwiegenheit verlassen.

Ob es bei mir und Spencer auch so werden würde? Jedenfalls hoffte ich es sehr. Ich wünschte mir drei Kinder, überlegte ich jetzt. Komisch, woran man dachte, wenn man sich gerade verlobt hatte, überlegte ich. Jemand reichte mir einen Becher Sekt. Wir hatten nicht genug Gläser für alle. Etwas das uns hier aber nicht störte. Nur Spencer verzog leicht sein Gesicht, als ich den Becher hob um anzustoßen. Er war nur müde, dachte ich. Immerhin war der Mann direkt nach seiner Krankenhausschicht hergekommen. Ich küsste seine Mundwinkel und lächelte ihn an. Dann zog ich Spencer auf die Tanzfläche. Zeit, etwas Schwung in die Feier zu bringen, überlegte ich.

Spencer schlief bei meinen Brüdern in der Scheune. Ungern, doch da er trotz seiner Alkoholfahne, dem Selbstgebrannten unseres

Nachbarn zugesprochen hatte, nahm Vater ihm die Wagenschlüssel ab. Mutter schwieg dazu. Ich half meiner Mutter noch etwas aufräumen. Das war meine liebste Zeit mit Mutter. Wir hatten Zeit für uns allein. „Vater will seine Älteste nicht verlieren ‚Kind. Deswegen ist er so komisch die letzten Tage. Je näher deine Hochzeit rückt, desto mehr wird ihm sein Verlust bewusst. Du bist die Erste. Dann folgt schnell Karen, Luis hat bereits eine Freundin. Nicht lange und das riesige Haus ist ausgestorben." Erklärte mir Mutter als wir bei einem Tee zusammen saßen. Ich schloss erschöpft meine Augen und stellte mir das Haus ohne den täglichen Lärm und geschwisterlichen Streiten vor. Das war fast unmöglich. „Es werden schnell Enkelkinder kommen, die hauchen dem alten Haus eine Menge Leben ein, Mutter." Sagte ich versprechend. Ich verschwieg, das meine Kinder höchst wahrscheinlich weit weg von hier ‚weg von ihren Großeltern, aufwachsen würden.

2 Kapitel

Überrascht stieg ich über viele, halb ausgepackte Kartons, dieser Jacob Hallmann war also bereits gestern Abend hier eingezogen überlegte ich und schob zwei Kartons beiseite, um die schwere Eingangstür zu schließen. Doch, wo steckte der Mann denn nur. Es kamen keine Geräusche aus den hinteren Räumen. Es war bereits nach zehn Uhr morgens. Und Spencer war bereits auf dem Heimweg. Ich wollte jetzt nach der Arztpraxis schauen. Vielleicht, nein ganz bestimmt, hatte der neue Arzt einige Fragen. Zu meiner Ablageordnung, der dem Patientenakten. Einige von ihnen waren speziell und brauchten ihre eigene Behandlung. Da waren zum Beispiel der taubstumme Bill oder die alte Nelly, die jede Krankheit, von der sie las oder hörte, bei sich entdeckte. Man musste diese Menschen kennen, um ihnen zu helfen. Traurig sah ich mich im Wartezimmer um. Ich hatte hier jahrelang ausgeholfen. Immer an Doktor Talers Seite. Ich hatte eine Menge gelernt. Ich würde das alles furchtbar vermissen. Wenn ich erst mal Spencer geheiratet hatte, sah ich eine Arztpraxis nur noch als Patientin. Aber so war das Leben als Frau, man verlobte sich, heiratete und sorgte für seine Familie. Das wurde uns schon in der Schule vorgelebt. Die wenigsten Mädchen hatten, so wie ich, alle zehn Schuljahre absolvieren dürfen. Alle meine Freundinnen waren bereits nach der fünften Klasse von der Schule genommen worden und waren bereits verheiratet. Ohne Beruf oder gute Ausbildung. Zum Glück dachten meine Eltern da moderner. Auch, wenn es ihnen schwer fiel, das Schulgeld zu zahlen, sie beließen uns alle auf der Schule. Egal, ob Junge oder Mädchen.

Leise Schnarch Geräusche ließen mich aufhorchen. Ich sah um die Ecke und verkniff mir ein Lachen. Jacob Hallmann lag auf der Behandlungsliege und schlief tief und fest. Der Mann hatte also in der eiskalten Praxis übernachtet. Warum hatte er sich nicht den Ofen entzündet, überlegte und holte Brennholz. Dann Papier, machte ich den Ofen an. Langsam wurde es hier warm. Ich schreckte zusammen als ich ein „Guten Morgen, Mary." Hörte. Jacob Hallmann stand, nur in Unterhosen, hinter mir. Hastig wandte ich meinen Blick ab. „Guten Morgen,

Doktor. Ich wollte nach ihnen schauen. Und das eine oder andere erklären." Nuschelte ich verlegen. Der Mann hinter mir lachte jetzt. „Sie sind eine prima Krankenschwester, das wurde mir gestern Nacht erzählt. Ich bin nicht der erste Mann, den sie in Unterhosen sehen, oder? Was soll also ihrer Verlegenheit, Mary." Sagte er grinsend. Ich erhob mich hastig und fiel fast um. Er fing mich auf. „Ich, ich werde mal Kaffee aufsetzen. Sie ziehen sich an. Und die anderen Kerle in Unterhosen waren Patienten, das ist ein gewaltiger Unterschied, Doktor!" Fauchte ich wütend. Was für ein frecher Kerl, dachte ich zornig. Jacob Hallmanns Lachen begleitete mich in die kleine Küche.

„Ich war gestern beim Ausräumen, als ein aufgeregter, junger Mann die Arztpraxis stürmte. Auf der Suche nach ihnen, Mary. Bei seiner Frau hatten die Wehen eingesetzt. Ich erklärte ihm, dass sie verhindert seien und bot ihm meine Hilfe an. Ich musste mit Engelszungen reden, bis der Mann zustimmte. Ich habe ihnen ihre Verlobungsfeier gerettet. nichts zu danken."

Erzählte Jacob Hallmann durch die angelehnte Zimmertür. Ich stockte, das war ungeheuerlich. „Bei Doris haben die Wehen eingesetzt und ich wurde nicht benachrichtigt? Das Kind hatte bis zuletzt eine Steißlage! Ich hätte dabei sein sollen!" Schimpfte ich los. „Ich bin hier die Hebamme!" Schrie ich fast. Jacob steckte seinen Kopf um die Ecke. „Sie waren beschäftigt, sich einen Riesen Klunker an den Finger stecken zu lassen! Was hätte der gute Spencer gesagt, wenn ich da wegen einer Bauerngeburt gestört hätte. Seine Meinung über die Menschen hier hat er ja kundgetan." Schnauze er zurück. „Wir sind gut ohne sie ausgekommen, Mary. Doris ist stolze Mutter eines gesunden Knaben." Jacob kam in die Küche und schenkte sich Kaffee ein. „Was wollen sie Mary. Sie werden Heiligabend heiraten, wie mir berichtet wurde. Dann hängen sie ihren beruf eh an den Nagel. Ihr Zukünftiger erlaubt ihnen nicht, weiterzuarbeiten, wurde mir erzählt." Sagte er grantig.

„Was hacken sie immer auf Spencer herum, Jacob Hallmann. Sie kennen meinen Zukünftigen

Ehemann doch überhaupt nicht. Trotzdem greifen sie ihn vom ersten Moment ihres Kennenlernens an." Sagte ich wütend wie nie in meinem Leben. Ich musste Spencers Ehre verteidigen, dachte ich bitter schluckend. Jacob Hallmann setzte sich und wies auf den anderen, leeren Stuhl. Genervt setzte ich mich. Wie konnte der Mann nur so ruhig bleiben. Stritten wir beide nicht gerade? "Vielleicht kenne ich Spencer, vielleicht nicht, da haben sie recht. Aber ich habe eine Menge Ärzte wie ihn kennengelernt. Selbstherrlich, keinen Widerspruch duldend. Nur er hat recht. Reich, verwöhnt, Hunger ist ihm unbekannt. So ein Mann sucht sich die schönste Krankenschwester aus. Es muss eine krankenschwester sein, denn nur sie versteht, warum er oft so lange „arbeiten" muss. Die heiratet er dann um mit seiner schönen Frau anzugeben. So wie mit seinem Abschluss in Summa komm Laude. Das ihm leichtfiel, weil er ja nicht für die Studiengebühren arbeiten musste, so wie andere, ebenso gute Ärzte." Sagte Jacob jetzt bitter. „Nein, ich kenne ihren Spencer wirklich nicht. Vielleicht ist er ganz anders als die Männer." Jacob stellte seinen Kaffeebecher in die

Spüle und sah mich nachdenklich an. Ich schwieg, denn verdammt vieles von dem, was er gesagt hatte, traf auf Spencer zu, dachte ich erschrocken.

„Lassen wir das Thema, Mary. Es ist gut, dass sie gekommen sind. Ich suchte gestern die Akte von Doris. Unter ihrem Nachnamen konnte ich sie nicht finden. Es wäre vom Vorteil gewesen, sie zur Hand zu haben." Sagte Jacob lächelnd. Ich schluckte meine Tränen herunter und erhob mich. „Sie haben an der falschen Seite gesucht, Doktor Hallmann. Ich habe einen Aktenschrank, speziell für die schwangeren Frauen angelegt. Momentan sind hier in unserem Bezirk sieben, na jetzt noch sechs, Frauen schwanger." Erklärte ich und wies auf einen kleinen Schrank in der Ecke des Zimmers. „Ich habe die Frauen separat geführt, denn es waren meine Fälle. Doktor Taler hatte es nicht so mit Geburten." Erklärte ich weiter.

„Ein Mann vom altem Schlag, ich verstehe. Nennen die Menschen hier sie deswegen liebevoll Doc Mary?" Fragte Jacob und zog Doris Akte aus dem Schrank. Er lächelte erneut als ich rot anlief. Doris berichtete, wie sie die Praxis nach dem Tod des alten Arztes, weitergeführt haben, kostenlos." Sagte er schmunzelnd. Ich seufzte. „Die Menschen hier haben wenig. Und hätte ich etwas genommen, hätte ich mich strafbar gemacht, ich bin keine Ärztin." Sagte ich verlegen. Jacob Hallmann nickte verstehend. „Ich wollte heute Morgen noch einmal nach Doris schauen. Lust, mich zu begleiten?" Fragte er mich dann. „Sie können mir den Weg zeigen. Ich habe mich gestern Nacht zweimal verfahren." Gestand er schief lächelnd.

„Die letzte Schwangere ist Nancy Mac Doopt. Sie wohnt neben Doris. Das ist gut zu merken." Erklärte ich lächelnd. Die Fahrt war recht angenehm gewesen. Jacob hatte mir von seiner Heimatstadt erzählt und ich hatte ihn über die aktuellen Krankheitsfälle aufgeklärt. „Mac Doopt? Ist das die Frau vom Holzfäller, der aktuell im Krankenhaus liegt?" Fragte Jacob jetzt interessiert. Das zeigte, das er mir zugehört hatte, bemerkte ich amüsiert. „Die Schwiegertochter, Jacob. Nancys Mann ist in den

Westen gegangen, dort gab es Arbeit bei der Bahn. Er hofft aber, bis zur Geburt Daheim zu sein. Deswegen ist es gut, dass es Menschen wie uns gibt. Und Nachbarn wie Doris und ihren Mann. Wir schauen täglich nach Nancy." Erklärte ich jetzt etwas ernster. Jacob nickte. Er hatte mir das du angeboten, das machte alles etwas leichter. Doch noch sträubte ich mich, das anzuwenden. „Ich sehe, ein Landarzt hat hier viele Pflichten. Da wäre eine gute Krankenschwester Gold wert. Schade, dass sie nicht mehr arbeiten dürfen, wenn sie erst den Ring am Finger tragen. Mir gefällt unsere Zusammenarbeit." Sagte Jacob jetzt und hielt den Wagen vor Doris Haus. „Ich sollte sie heiraten, dann habe ich sie sicher." Setzte er lachend hinzu. Ich verzog verärgert mein Gesicht. Musste der Mann schon wieder Streit beginnen? War es bis eben nicht harmonisch gelaufen? „Es ist meine Entscheidung gewesen, nicht mehr zu arbeiten. Ich habe mich da Spencers Meinung angeschlossen! Ich werde genug in unserem Haus zu tun haben. Sie haben keine Ahnung." Fauchte ich wütend. Jacob öffnete mir die Wagentür und reichte mir seine Hand.

„Eine Frau, die ihren Job so sehr liebt wie sie, Mary, ist mir noch nie begegnet. Und ich kann nicht glauben, dass diese Entscheidung auf ihrem Mist gewachsen ist. Irgendjemand hat es ihnen erfolgreich eingeredet. Eines Tages werden sie aufwachen und es bereuen. Hoffentlich ist es dann nicht zu spät." Sagte Jacob. Er griff sich seine Tasche und ging zur Haustür. Nachdenklich folgte ich dem Mann. Hatte er nicht recht mit seiner Meinung? Ich liebte meinen Beruf. Ich war mit Leib und Seele Krankenschwester. Und doch liebte ich auch Spencer. Es war doch meine Pflicht, ihm eine gute Ehefrau zu werden, verteidigte ich mich still. Wie war ich denn nur auf diese Idee gekommen, fiel mir jetzt auf. Hatte ich früher nicht immer wie meine Mutter gedacht. Sie war trotz unserer Kinder arbeiten gegangen. Ich erinnerte mich an den Tag, da ich Spencers Mutter, meine zukünftige Schwiegermutter kennenlernte. Sie hatte von zuhause bleiben und Kindererziehen gesprochen. Seit dem Tag stand fest, dass ich meinen Job nach der Hochzeit an dem berühmten Nagel hängen würde. Diese Frau war echt einschüchternd gewesen, erinnerte ich

mich jetzt. Wie konnte ich das alles verdrängen.
Und, warum dachte ich erst jetzt darüber nach.
Nachdem Jacob Hallmann in mein Leben geplatzt
war?

„Dreitausendfünfhundert Gramm. Und sehr
gesund. Ich gratuliere, Doris. Ein gesunder Junge.
Schade, dass ich die Geburt versäumt habe. Ich
hätte dir gerne beigestanden." Sagte ich milde.
Ich wollte keine weiteren Kappeleien mit Jacob
beginnen. Es hatte schon genug Reiberein
gegeben, überlegte ich. Der große Mann reizte
mich von Minute zu Minute mehr. Jede
Bemerkung aus seinem Mund, war wie ein
Vorwurf in meine Richtung. Auch jetzt. „Eins geht
nur, Mary. Sich entweder einen reichen Arzt
angeln und verloben. Oder seinen Job machen.
Beides geht nicht." Sagte Jacob, lässig die
Babywaage einpackend. „Ich hätte alles fallen
lassen und wäre hergekommen, hätte ich es
gewusst. Aber es hat mich niemand
benachrichtigt." Sagte ich wütend. Niemand warf
mir vor, meinen Beruf zu vernachlässigen. „Sie

haben es ja lieber allein durchgezogen.""" Ich starrte Jacob unendlich frustriert an. Wieder hatte er mich aus der Ruhe gebracht.

"So ist es nicht ganz richtig, Mary. Ich bin zu Nancy gelaufen und habe bei euch angerufen, um dir Bescheid zu geben. Ein Mann nahm das Gespräch an und sagte, dass du verhindert bist. Und die Geburt eine natürliche Sache sei. Dabei brauche man keine Hilfe. Wenn doch, solle ich mich an den neuen Arzt wenden. Der wäre ab jetzt dafür zuständig. Du hättest besseres zu tun. Also bin ich in meiner Verzweiflung zur Praxis gefahren und auf Jacob getroffen." Erklärte jetzt Tom, Doris Ehemann, ernst. Geschockt sah ich erst Tom, dann Jacob an. Wer hatte diese Frechheit besessen? Wer hatte Tom abgewimmelt? Das würde ich rausfinden, nahm ich mir vor. "Das klingt ganz nach dem berühmten Oberarzt, denke ich." Murmelte Jacob leise. Ich konnte nur beschämt nicken.

3 Kapitel

„Nancy hat große Angst, Jacob. Es ist ihr dritter Versuch. Sie hat zwei Fehlgeburten hinter sich. Das war hart. Ihr Schwiegervater gibt ihr die Schuld daran. Auch jetzt rechnet der Mann damit. Er setzt die arme Frau mächtig unter Druck. Sie soll die Arbeit auf der Farm allein schaffen. Und sich trotzdem schonen." Berichtete ich, während Jacob seinen Wagen vor meinem Elternhaus hielt Der Mann hatte mich Heimgefahren. Es war mittlerweile dunkel geworden. Da wollte er mich nicht laufen lassen, sagte er. Mich freute es, denn es war kalt geworden. Ich sah Spencers Wagen vor unserem Haus stehen und lächelte beglückt. Denn das war ein überraschender Besuch. Eigentlich sollten wir uns erst am nächsten Wochenende treffen. Mein glückliches Gesicht ließ Jacob seufzen. „Ich komm noch mit rein. Ich musss mit ihrem Vater etwas wichtiges besprechen." Sagte er dunkel. Keine Ahnung, was dem Mann gerade wieder ärgerte, dachte ich. Ich freute mich auf meinem Verlobten. Gut gelaunt riss ich die Haustür auf. „Guten Abend, Spencer. Was für eine nette Überraschung, dich heute zu sehen." Rief ich und wollte mich in seine Arme werfen. Doch dann stockte ich. Die Stimmung im Wohnzimmer war eisig. Niemand sprach ein Wort. Vater starrte stumm aus dem Fenster. Mutter weinte und meine Geschwister hatten ihre Köpfe gesenkt. Jacob Hallmann sah sich um und verschwand still in die Küche.

„Was ist hier los? Was ist passiert?" Fragte ich besorgt. „Nichts. Oder eigentlich etwas Gutes. Leider sehen es deine Eltern anders." Murmelte Spencer verstimmt. Ich ahnte übles. Und richtig. „Wann wolltest du uns sagen, dass du wegziehst, Kind? Und dann so weit. Nach Detroit!" Schimpfte Vater los. Sein anklagender Blick glitt über Spencer, dann über mich. Ich starrte Spencer an. „Du hast es ihnen gesagt? Ich dachte, es sei noch nicht spruchreif. Und warum hast du nicht zuerst mit mir gesprochen. Ich hätte es meiner Familie gerne allein erzählt." Sagte ich brüchig. Warum war Spencer das getan? Warum hatte er das getan? Spencer zog mich am Ärmel aus dem Raum, in den Flur. „Ich hätte es gerne mit dir besprochen, Verlobte. Doch du fährst lieber mit fremden Männern durch die Gegend. Statt brav

Zuhause deine Pflichten zu erledigen! Hattest du heute nicht einen Termin bei unserem Schneider. Wegen dem Hochzeitskleid? Den hast du versäumt! Ich kam her, um dir zu sagen, dass ich die Zusage habe. Ich werde der neue Chefarzt in Detroit. Was für ein Karrieresprung. Wir werden nach Neujahr umziehen. Das habe ich deiner Familie erzählt. Einer musste ja tun. Du glänzt ja mit Abwesenheit." Schimpfte Spencer mich aus. Ich fühlte mich plötzlich wie ein Schulkind vor seinem Lehrer. Merkwürdig, dass mir solcher Gedanke kam, überlegte ich still. Spencer war der Mann, den ich liebte, mit dem ich mein restliches Leben verbringen wollte. Ich musste mich wehren, mich behaupten, dachte ich plötzlich. So durfte er nicht mit mir reden. Dieser herablassende Ton durfte nicht einreißen. Ich stellte mir meine Ehe vor und schüttelte mich. „Ich habe Mister Hallmann unsere Patienten gezeigt. Und den Mann vorgestellt! Das war meine Aufgabe. Außerdem habe ich meine Freundin Doris besucht. Sie hat letzte Nacht ihren Sohn bekommen. Ich bin nicht dein Eigentum, Spencer. Ich kann eigene Entscheidungen treffen. Das wird *sich nie ändern. Du kennst mich und weißt, mit wem du dich verlobt hast. Ich werde nie ein Hausmütterchen werden." Sagte ich wütend. Wütend darauf, das Spencer meine Eltern zum Weinen gebracht hatte.*

„Es heißt Doktor Halmann für dich! Der Mann hat, im Gegensatz zu dir, studiert! Und es wäre Aufgabe deines Vaters gewesen, den neuen Arzt vorzustellen! Du hättest wenigstens eine deiner Schwestern mitnehmen müssen, wegen dem Anstand. Was sollen die Leute denken. Meine Verlobte war stundenlang mit einem anderen Mann allein unterwegs. Was schadet das meinen Ruf." Schnauzte Spencer mich an. Erschrocken wich ich zurück. „ Es sind meine Patienten gewesen, Spencer. Es war meine Aufgabe, nicht die meines Vaters. Und es war alles nur beruflich. Ich habe kein Interesse an Doktor Hallmann. Ich meine privat." Verteidigte ich mich verlegen. Spencer griff seinen Mantel und küsste mich auf die Wange. „Du vielleicht nicht an ihn. Aber der gute Mann hat ein Auge auf dich geworfen. Er bekäme eine gute Krankenschwester, ganz

umsonst." Murmelte er bitter. „ Ich muss zurück ins Krankenhaus. Diesen Besuch hier habe ich mir freudiger vorgestellt. Es ist doch normal, dass ein Mädchen erwachsen wird und fortgeht. Du kannst doch nicht dein Leben lang hierbleiben. Wie kann deine Familie nur so hinterwäldlerisch sein. Statt sich über meine Beförderung zu freuen, rufen sie Staatstrauer aus." Sagte er und ging. „Spencer, warte". Rief ich doch vergebens. Fünf Minuten später hörte ich seinen großen Wagen davonfahren.

Mit Tränen in den Augen stand ich allein im dunklen Flur. Was war denn nur mit Spencer los? Seit wann reagierte er so streng? In solchen Ton hatte er noch nie mit mir gesprochen, überlegte ich traurig. „Ihr Verlobter hält sich für sicher. Jetzt, da sie seinen Ring angenommen haben, Mary. Er redet, wie er es für richtig hält und gelernt hat zuhause. Daran werden sie sich gewöhnen müssen. Er ist der Bestimmer. Was er sagt, wird gemacht." Jacob seufzte leise. „Ich bin in solch einem Haus groß geworden und weiß, wovon ich spreche. Wussten sie, dass der Mann die alleinige

Verfügungsgewalt über das Vermögen und die Kinder hat? Er kann alles Geld ausgeben, ohne ihre Zustimmung. Oder die Kinder zur Adoption freigeben und sie, als Mutter, sind machtlos dagegen. Wenn eine Frau heiratet, tauscht die Verantwortung über ihr Leben vom Vater zum Ehemann." Hörte ich Jacobs ernste Stimme sagen. „Meine Mutter war erst nach Vaters Tod frei. Frei über sich zu bestimmen." Setzte er schwer hinzu.

Hatte der Mann uns etwa belauscht? Nein, er wartete in der Küche und Spencer war nicht gerade leise gewesen, dachte ich erschüttert. Jacob strich mir kurz, ganz kurz, über die Haare, dann verschwand er ins Wohnzimmer. Ich blieb allein zurück. Nur mit meinen trüben Gedanken.

„Darf ich stören, Liebes?" Fragte meine Mutter liebevoll. Sie trat in mein Schlafzimmer und setzte sich zu mir ans Bett. Wie früher, als ich noch Kind war, ging mir durch den Kopf. Ich war das einzige Salomon-Kind mit eigenem Zimmer, überlegte ich jetzt. Nach meinem Auszug würde es an meinen jüngeren Bruder übergehen. So war es auf dem

Land. Luis freute sich bereits. Er konnte es nicht mehr erwarten, etwas Privatsphäre zu haben, wie er es nannte. Er wollte nur einen ungestörten Platz, um mit seiner Freundin zu knutschen, sagte Karen eifersüchtig. Denn sie musste auf Luis Auszug warten, bis sie das Zimmer bekam. Das war eher unwahrscheinlich, denn sie war bereits siebzehn und sehr umschwärmt. Vielleicht heiratete sie vorher. Das wiederum würde Ellen freuen, überlegte ich schmunzelnd.

„Dein Wegzug hat Vater tief getroffen, Liebes. Von allen seinen Kindern, bist du sein liebstes. Vielleicht, weil du die Erstgeborene bist. Oder weil du uns so gut gelungen bist. Von ersten Augenblick hast du Verantwortung übernommen. Warst immer für deine kleinen Geschwister da, hast dich nie beklagt. Du bist unwahrscheinlich klug und fleißig. Und du urteilst nicht über die Fehler deiner Mitmenschen. Das macht dich aus, Liebes. Doch dann kommt ein Mann und entführt dich nach Detroit. In eine große, sehr große Stadt. Ich habe Angst, dass du dort nicht glücklich wirst. Du wirst die Berge vermissen, glaube mir." Sagte *jetzt Mutter besorgt. Sie strich mir eine Locke aus dem Gesicht. „Wie gerne läufst du barfuß durch das frisch gemähte Gras. Selbst jetzt noch. Das kannst du dort nicht. Du wirst eingehen, wie eine verdurstende Blume." Mutter küsste meine Stirn und erhob sich. Dann schloss sie leise meine Zimmertür. Ich blieb nachdenklich zurück. Wer hatte jetzt Recht? Spencer, der sagte es sei natürlich, seine eigenen Wege zu gehen? Oder meine Eltern, die die Werte der Familie hochhielten. Ich war verwirrt, wie nie in meinem Leben. Jeder wollte, dass ich es ihm recht machte. Doch, wie sollte das gehen?*

Ich hatte keine Ahnung. Plötzlich wurde ich müde und erschöpft. So hatte ich mir meine Verlobungszeit nicht vorgestellt.

Vater weckte mich am nächsten Morgen. Er stand breit lächelnd vor meinem Bett. Heute war Samstag und heute Abend traf ich Spencer. Wir waren in der Stadt verabredet. Spencer wollte mich, zusammen mit einigen seiner Freunde, ins Theater ausführen. Ich würde dann in seinem

Haus übernachten. Das erste Mal, dass ich über Nacht allein mit meinem Verlobten wäre. Ich war aufgeregt. Was würde heute Nacht passieren? Würde Spencer sich trauen, mich in meinem Zimmer zu besuchen? In nicht einmal zwei Monaten, wurden wir Mann und Frau, dann war es selbstverständlich, dass wir uns ein Bett teilten, überlegte ich still.

„Guten Morgen, Mary. Ich will mit Doktor Hallmann hoch, zu unserer alten Hütte. Vielleicht hast du Lust, uns zu begleiten. Wer weiß, wann und ob du dazu Gelegenheit bekommst. Ich weiß doch, wie sehr du den Ort dort oben liebst." Erklärte Vater seine frühe Störung. Sofort war ich hellwach. „Was wollt ihr denn dort oben, Vater?" Fragte ich argwöhnisch. Ich erhob mich. Vater ging vor die Tür und ließ diese angelehnt. „Jacob Hallmann sucht ein Stück Land für einen Hausbau. Er will sich ein eigenes Haus bauen und eine Familie gründen. Ich dachte, ich zeige ihm das Land, dass du von Grandpa geerbt hast. Wenn du nach Detroit gehst, hast du ja keine Verwendung mehr dafür. Es war ja für deine Aussteuer gedacht. *Jetzt bekommt Spencer halt das Geld. Damit kann er mehr anfangen.*" Erklärte Vater grimmig und erinnerte mich wieder daran, dass alles, was ich besaß, in den Besitz meines Mannes überging. Mutter rief und Vater verschwand. Grübelnd setzte ich mich auf das Bett.

Schnell kleidete ich mich an. Ich lächelte, als ich an mir heruntersah. Ich trug, wie üblich, wenn es in die Berge ging, eine alte Hose von Luis und grob gestrickte Socken. Ein dickes Hemd rundete mein Outfit ab.

Vater hatte ja recht, wenn er mein Grundstück verkaufte. Was sollte ich damit? Spencer hatte klargemacht, dass er hier nie leben würde. Und mein Platz war an seiner Seite. Ganz die brave Ehefrau, dachte ich plötzlich sarkastisch. Und warum sollte er das Geld dafür bekommen? Ich wusste von Frauen, die einen Ehevertrag mit ihren Männern ausgehandelt hatten. Sie besaßen ihr eigenes Vermögen. Sie waren unabhängig und trotzdem glücklich in ihrer Ehe. Das war gut. Ich würde Spencer um solch einen Vertrag bitten, überlegte ich. Er würde bestimmt zustimmen. Er war reich genug, um das Geld nicht zu vermissen. Und das würde vielleicht meinen Vater etwas milder stimmen. Vielleicht sorgte er sich dann etwas weniger um mich. Gut gelaunt ging ich in die Küche. Jacob Hallmann saß dort mit meinen Eltern und trank Kaffee.

4 Kapitel

Jacobs Augenbrauen gingen steil nach oben als er mich erblickte. Doch er schwieg und beugte sich über seinen Kaffeebecher. Trotzdem konnte ich sein unverschämtes Grinsen erkennen. Mein Anblick in Hosen amüsierte den Mann, das spürte ich genau. „Du bist fertig, gut, Kind. Trink schnell einen Kaffee und dann lass uns los. Bevor die Kleinen wach werden und noch mitwollen. Das wird zu stressig." Mahnte Vater grummelig. Er griff sich seine Stiefel. Jacob folgte Vater.

„Ich werde dir Kaffee mitgeben, dann könnt ihr ihn unterwegs trinken, Kind. Vater hat recht, ohne die drei Kleinen kommt ihr besser voran." Sagte *jetzt Mutter leise. Ich beugte meinen Kopf etwas. „Was hat Vaters Laune verhagelt, Mutter? Vor zehn Minuten war sie doch noch ausgezeichnet." Fragte ich leicht verwirrt. Meine Mutter seufzte leise. „Doc Jacob hat nach dem alten Familienhaus gefragt. Und ich habe dann von der kleinen Kapelle berichtet, die dort oben steht. Und das dort unsere Familie seit Genrationen heiratet. Das hat deinen Vater daran erinnert, dass du ja in der Stadt heiraten willst. Es war mein Fehler, ich hätte nicht davon anfangen sollen." Erklärte Mutter heiser und reichte mir die Thermoskanne. Ich holte drei Becher und verstaute alles in meinem Rucksack. Vater klopfte verärgert gegen die Küchentür. Langsam, nachdenklich ging ich nach draußen.*

Es dämmerte, die Wolkendecke war dicht. Ich holte meine Mütze aus meiner Tasche und zog sie mir fröstelnd über die Ohren. „Lassen sie mich helfen." Murmelte Jacob leise und stopfte meine Haare unter die Mütze. Verlegen trat ich zurück und wäre fast über unseren Hund gestolpert. In letzter Sekunde griff Jacob meine Hand und fing mich auf. Er stellte mich wieder auf die Beine. „Das war knapp. Nicht, dass sie sich noch etwas brechen. Eine Braut mit Gipsarm kommt nicht gut." Scherzte Jacob lächelnd. Ich sparte mir eine Antwort. Ärgerlich löste ich mich von ihm und marschierte los. Der Mann schaffte es, mich immer wieder wütend werden zu lassen, überlegte ich. Seit unserem Kennlernen, waren wir nur am Streiten. Das war mir noch nie passiert. Ich war bekannt dafür, mit jedem Menschen, selbst die schwierigsten Querköpfe, zurecht zu kommen. Das war meine geheime Superkraft, dachte ich verwirrt. Warum gelang es mir nicht bei dem neuen Doktor? Warum brachte er mich jedes Mal in Rage? Ich wusste es nicht. Ich freute mich plötzlich nicht einmal mehr auf Spencer heute Abend. Meine Laune sank in unterirdische. Vater hatte es bemerkt und ließ mich allein laufen. Er folgte mir mit Jacob in einigem Abstand. Ich hörte beide leise reden.

„Das Grundstück gehört also Mary?" Fragte Jacob nachdenklich. Es war ihm nicht wohl dabei, es zu kaufen. Er fand es irgendwie falsch, so als würde er die junge Frau berauben. Doch Ernst Salomon konnte sehr energisch sein. Der Mann hatte auf diesen Ausflug bestanden. Also hatte Jacob nachgegeben und war heute Morgen hier erschienen. Das Ernst Salomon Mary mitbrachte, überraschte Jacob, dachte er schmunzelnd. Das würde dem Ausflug etwas versüßen. Er ärgerte die junge Frau wirklich gerne. Sie war drauf und dran, den Fehler ihres Lebens zu machen und er fühlte sich verpflichtet, es ihr unter die Nase zu reiben. Mary gehörte nicht in die Großstadt. Sie gehörte genau hier her. Hier in den Bergen war ihr Zuhause. In der Großstadt würde sie, wie eine Blume ohne Wasser, vertrocknen und eingehen.

„Ja, Mary hat das Grundstück von meinen Eltern geerbt. Dort stand einmal mein Elternhaus. Jetzt ist es nur noch eine Ruine. Es war eigentlich gedacht, das Mary nach ihrer Hochzeit, dort neu baut und wohnt. Doch nun kommt alles anders." Erzählte Ernst Salomon jetzt grimmig. Wütend ballte der Mann seine Hände. „Mary soll heute noch einmal sehen, was sie verliert, wenn sie Spencer heiratet. Deswegen habe ich sie aufgefordert, heute mitzukommen. Verstehen sie mich nicht verkehrt, Jacob. Irgendwie mag ich Spencer. Er wird ein guter Ehemann werden. Nur nicht für Mary. Er braucht eine devote Frau, die sich seinem Willen beugt. Und meine Mary ist viel zu selbstbewusst dafür. Mary musste schon früh Verantwortung übernehmen. Das hat sie stark und klug gemacht. Alles Eigenschaften, mit denen Spencer nicht umgehen kann. Es wird keine glückliche Ehe werden, das weiß ich. Und dass bereitet mir Kummer. Wenn die erste Verliebtheit weg ist, gibt es ein böses Erwachen, auf beiden Seiten." Sagte Ernst Salomon bitter. Jacob konnte nur stumm zustimmen.

Ich wusste, dass die Männer hinter mir, über mich sprachen. Das verbesserte meine Laune nicht gerade. Was ging diesem Jacob meine Liebesgeschichte an? Warum machte sich der

Mann Gedanken über meine bevorstehende Ehe? Das fragte ich mich wütend. Und zum allem Überfluss hatte der Mann verdammt gute Argumente. So als habe er so etwas bereits selbst einmal erlebt. War er vielleicht verheiratet und es lief nicht gut bei ihm? Was wusste ich oder jeder andere hier, von dem Mann. „Einen Dollar für ihre Gedanken, Mary Salomon." Hörte ich jetzt Jacobs Stimme neben mir. Der Mann hatte aufgeholt und folgte jetzt mir. Vater war etwas stehengeblieben, um die alten Bäume am Wegrand zu kontrollieren. Ob ihr Wurzelwerk noch intakt war. Manchmal kippten bei einem Sturm vereinzelt Bäume um und kullerten den Abhang herunter. Das konnte gefährlich werden. „Meine Gedanken für einen Dollar? Gerne Doc Jacob. Ich fragte mich gerade, ob ein Mann wie sie verheiratet ist. Alt genug dafür wären sie bestimmt. Vielleicht wartet ja irgendwo eine Mrs. Hallmann." Erklärte ich nachdenklich.

„Die gibt es in der Tat." Sagte Jacob breit grinsend und sah wie ich erschrocken zusammenzuckte. Denn mit der Antwort hatte ich nicht gerechnet. „Sie ist zweiundfünfzig Jahre alt und meine Mutter. Sie wird zu mir ziehen, so wie ich eingerichtet bin. Ich will ihr den Umbau der alten Praxis nicht antun. Obwohl meine Mama sehr geschickt mit Pinsel und Farbe ist. Doch ihr Farbgeschmack ist ehrlich gesagt grauenhaft. Verraten sie es meiner Mutter nicht. Ich meine, dass ich das gesagt habe. Aber nach achtzehn Jahren in gelben oder grünen Kinderzimmern, verlangt es mich nach etwas gesetzteren Farben." Scherzte Jacob jetzt leise lachend. Ich stimmte ein. „Das habe ich wahrscheinlich verdient. Was geht mich ihr Privatleben an. Es geht mich ebenso wenig an ihnen meins." Sagte ich heiser. Jacob hielt mich am Arm fest als ich mich abwenden wollte. „Ihr Privatleben geht mich eine Menge an, Mary. Sie laufen direkt in eine Falle. Eine Falle, die sie sich selbst gestellt haben. Sie mögen im Moment in Spencer verliebt sein. Ihnen schmeichelt seine Aufmerksamkeit, die er ihnen schenkt. Doch, was ist, wenn das nachlässt. Sie Tagelang allein in diesem großen, leeren Haus sitzen. Weit weg von ihrer Familie und ihren geliebten Bergen. Dann fliegt ihre Liebe zum

Fenster raus und es bleibt Einsamkeit zurück. Wenn dann noch Kinder da sind, können sie dieser Qual nicht entfliehen. Denn die Kinder gehören dem Mann und nicht ihnen. Sie können ja gehen, aber ihre Kinder müssen sie zurücklassen." Sagte Jacob bitter und ließ mich stehen. Er ging zu Vater. Verwirrt sah ich dem Mann hinterher. *„Spencer ist ganz anders, Doc! Er würde mir so etwas nie antun!"* Schrie ich aufgebracht dem Mann, der mir jetzt seinen breiten Rücken präsentierte, hinterher. Ich schwang herum und beeilte mich, den Berg hoch zukommen. Diesen dummen Ausflug endlich hinter mich zu bringen. Dann würde ich mich zuhause baden, umziehen und zu meinem Verlobten fahren. Ich wollte dieses widerwärtige Gespräch einfach vergessen. Spencer würde mir doch nie die Kinder wegnehmen, überlegte ich. Natürlich kannte ich das Gesetz. Doch ich hatte noch nie erlebt, dass es angewendet wurde. Nun, ich kannte ja auch keine geschiedenen Paare, überlegte ich jetzt etwas angespannt. Bei uns hielt eine Ehe das Leben lang. Aber waren sie auch alle glücklich? Das überlegte ich jetzt zum ersten Mal. Ich hatte mir immer ein Beispiel an der guten Ehe meiner Eltern genommen. So sollte meine Ehe auch sein. Aufgebaut auf gegenseitigen Respekt.

„Vorsicht, Mary!" Hörte ich Jacobs warnende Stimme rufen. Doch zu spät. Tief in Gedanken, übersah ich den vereisten Erdspalt und trat ins Nichts. Aufschreiend konnte ich mich an die andere Seite retten. Doch mein linkes Bein war verdreht. Es schmerzte furchtbar. Mir wurde regelrecht schwarz vor Augen. „Bleib ruhig liegen. Bewege dich nicht!" Hörte ich Jacobs befehlende Stimme rufen. Schon war der Mann bei mir und befreite meinen Fuß aus der Spalte. Jacob zog mich ein Stück weg von der Spalte und untersuchte meinen Fuß. „Er ist nicht gebrochen. Doch du hast dir die Bänder gedehnt. Und der Knöchel ist verstaucht. Das wird anschwellen. Wie praktisch, wenn man mit einem Arzt wandern geht." Sagte er dann schief grinsend. Er nahm seinen Schal und bandagierte damit meinen Knöchel. Jetzt hatte Vater uns erreicht. „Ich verstehe dich nicht, Mary. Du kennst die Berge besser als jeder andere. Du kennst doch die

Spalte." Schimpfte Vater. Doch ich hörte seine Besorgnis heraus. Beschämt schwieg dazu. Er hatte ja recht. Das war dumm gewesen.

„Wir sollten Mary irgendwo ins Warme bringen. Sie hat einen Schock und kühlt aus. Der Fuß darf nicht belastet werden." Sagte jetzt Jacob befehlend. Er hob mich auf und trug mich den Berg hoch. Vater folgte. „Dort hinten ist die kleine Kapelle. Bringen sie Mary dorthin, Jacob. Ich gehe zu den Janos. Die Familie hat einen Schlitten. Den werden sie uns bestimmt leihen. Es ist ein spezieller Schlitten, gebaut für solche Fälle." Erklärte Vater heiser hustend. Dann marschierte er los. „Was ist nur mit Mary los? So kenne ich meine Tochter nicht." Hörte ich ihn schimpfen. „Ich werde ihnen zu schwer, Jacob. Ich kann auch laufen. Das muss ich heute Abend ja auch." Sagte ich verlegen und versuchte, mich aus seinen Armen zu befreien. Die direkte Nähe zu dem Mann machte mich nervös. „Wenn du nicht augenblicklich Ruhe gibst, verprügele ich dich, Mary Salomon. Der Aufstieg ist auch so schon schwer. und du wirst heute keinen Schritt mehr *laufen! Du gehst nach diesem Abenteuer in dein Bett und dort bleibst du die nächsten Tage. Der Fuß darf nicht belastet werden. Das solltest du wissen. Sonst war deine Ausbildung umsonst!" Schnauzte Jacob mich an. Zur Bestätigung seiner Worte, kniff er mich in den Po. Empört schrie ich auf, hielt aber still. Ich konnte ja nichts an meiner Lage ändern. „Das wird Spencer nicht gefallen, er hat sich viel von dem heutigen Abend versprochen. Ich muss ihn anrufen, so wie ich wieder im Tal bin." Murmelte ich und merkte erst jetzt, was ich preisgegeben hatte.*

„Ach, das war es also. Das hat dich abgelenkt. Du hast an eure erste Nacht gedacht. Ja, das macht Sinn. Du willst mit Spencer schlafen."" Sagte Jacob bitter. „Da soll jemand behaupten, Unfälle hätten nicht auch gute Seiten. Dieser hat dich vor einen großen Fehler bewahrt." Murmelte er dann leise. Ich wurde feuerrot. „Das geht dich überhaupt nichts an, Jacob Hallmann. Das ist Sache zwischen Spencer und mir!" Fauchte ich und konnte trotzdem nicht verhindern, dass mir die Tränen über die Wangen liefen. Jacob öffnete

die Kapelle und legte mich auf einer der kleinen Bänke ab. Bewundernd sah er sich um. „Es ist wunderschön hier. Kein Wunder, dass deine Familie hier immer heiratet. Alle, außer die liebe Mary." Sagte er ironisch. Er wies sarkastisch auf den Altar. „Dort solltest du stehen. In einem weißen Kleid und auf deinem Bräutigam warten. Nicht irgendwo in der großen Stadt." Sagte er verärgert.

„Die Kapelle ist zu klein für alle Gäste, der Aufstieg rechtfertigt die Mühe nicht, sagt Spencer. Wir brauchen eine große Kirche." Verteidigte ich mich. Jacob knurrte leise. „Wie viele Gäste braucht eine Trauung? Wie viele dieser Menschen kennst du wirklich, Mary? Ihr könntet hier heiraten und in der Stadt danach einen Empfang geben. Ist dir die Idee überhaupt gekommen? Oder hörst immer blind und taub auf Spencer. So, wie mit eurer Nacht heute, ich möchte wetten, es war Spencers Idee." Sagte Jacob jetzt zynisch. „Der Mann sieht seine Felle wegschwimmen und will sichergehen. Der Unfall kam richtig."

Murmelte Jacob und ging nach draußen. Ich blieb, geschlagen, allein zurück.

5 Kapitel

Warum sah Spencer seine Felle wegschwimmen, überlegte ich die merkwürdige Aussage von Jacob. Das lenkte mich wenigstens etwas von den Schmerzen ab. Spencer würde mächtig enttäuscht sein, dachte ich traurig. War ich auch traurig? Merkwürdigerweise empfand ich eine Art Erleichterung, musste ich still zugeben. Die Anspannung, die ich gefühlt hatte, seit Spencer mich zu diesem Abend gedrängt hatte, fiel von mir ab. Ich war noch nicht so weit, diesen endgültigen Schritt zu gehen, dachte ich und unterdrückte ein albernes Kichern.

„Der Rettungsschlitten ist da, Mary. Jacob kennt sich damit aus, sagt er. Er wird dich ins Tal fahren." Unterbrach Vater meine ernsten Gedanken. Ich schreckte, wie ertappt, zusammen. „Warum macht es Jacob? Warum nicht einer der anderen? Sie haben bestimmt mehr Erfahrung."

Sagte ich verärgert Reichte es nicht, dass ich mich bereits blamiert hatte? Musste ich die Abfahrt über, jetzt auch noch von dem Mann geärgert und gemaßregelt werden? Widerwillig verschränkte ich meine Arme. „Ich habe, im Gegenteil zu den anderen, Zeit, Mary. Und ich kenne mich wirklich damit aus. Ich habe in den Semesterferien in einer Bergwacht gejobbt. Da lernt man es." Erklärte jetzt Jacob und wickelte mich, trotz Widerstands, in eine warme Decke. Dann hob er mich auf und trug mich zum Schlitten. Dort legte er mich ab und schnallte mich fest. Er setzte sich hinter mich und bettete meinen Kopf auf seinem Schoß. „He, lassen sie das, das ist anstößig." Schimpfte ich los. Es war mir unangenehm, so zwischen seinen Beinen zu liegen. Was sollten die Menschen sagen, die uns beobachteten. Jacob lachte und drehte den Schlitten dem Abhang entgegen. Er beobachtete Vater, der die Signalrakete zündete. Das Zeichen für das Tal, das der Rettungsschlitten unterwegs war. „Bilde dir nicht zu viel ein, Mary. Dein Kopf ist so am Besten geschützt. Das ist Standartvorgehen. Ich will nichts von dir. Noch nichts. Nichts, was du mir nicht freiwillig gibst."

Sagte Jacob lachend und setzte den Schlitten in Bewegung. Beleidigt schwieg ich und presste meine Lippen aufeinander. Was sollte das heißen, ich solle ihm etwas freiwillig geben? Darauf konnte der arrogante Typ lange warten, überlegte ich wütend.

Eins wurde mir klar. Jacob hatte nicht übertrieben. Er konnte wirklich gut mit dem Rettungsschlitten umgehen. Und er hatte recht, meinen Kopf zu sichern. Denn die Fahrt war mehr als holprig. Jacob musste Bäumen und Schneewehen ausweichen. Ich wurde richtig durchgeschüttelt. Lachend lenkte er den Schlitten und grinste mich dabei frech an. „Jetzt sag, dass das hier keinen Spaß macht! Wann warst du das letzte Mal rodeln? Genieße es. Es könnte das letzte Mal sein. In Detroit gehört es sich nicht, als verheiratete Frau zu rodeln." Rief Jacob mir zu. „Ich werde mit meiner Familie jeden Winter rodeln gehen." Sagte er lachend. Verbissen schwieg ich dazu. Ich wollte jetzt nicht an Detroit denken. Oder an Spencer. Ich wollte diese rasante Fahrt mit dem gutgelaunten Jacob genießen. Das war merkwürdig, sogar für mich. Mir wurde klar, dass ich eine Menge verdrängte. Eingelullt von Spencers Liebe. Der Mann hatte mich in sein Leben gezogen und war dabei mein eigenes auszulöschen, dachte ich jetzt, überrascht von solchen radikalen Gedanken. Schnell verscheuchte ich das Düstere aus meinem Kopf. Die Fahrt endete. Für meinen Geschmack viel zu früh. Zwei meiner Brüder erwarteten uns am Treffpunkt. Sie hatten die Signalrakete also gesehen. „Danke für dein Vertrauen. Das war eine schöne Abfahrt." Sagte Jacob und küsste meine Stirn. Ich wurde feuerrot. „Das ist Tradition bei den Rettungsschlittenfahrern. Du musst dich nicht aufregen." Sagte Jacob und erhob sich. Er wandte sich an meine Brüder. „Eure Schwester hat sich den Fuß verletzt. Sie darf auf keinen Fall auftreten. Und auf keinen Fall in die Stadt fahren. Achtet darauf. Ich werde den Schlitten wieder hochringen. Euer Vater wartet oben auf mich." Erklärte Jacob meinen Brüdern sehr streng. Er lächelte mich frech an, dann stapfte er los, den ganzen Weg zurück. Ich war versucht, dem Mann die Zunge rauszustrecken, überlegte es mir aber und schlug stattdessen nach meinen lachenden und scherzenden Brüdern. Das ausgerechnet ich in den Bergen verunglückte, würde mir noch lange anhängen, dachte ich finster.

„Wie jetzt. Du kommst nicht? Wie soll ich das verstehen." Fragte Spencer am Telefon. Luis hatte mich, nach endlosen Betteln, endlich zu den Millers gebracht. Eine der wenigen Familien, die ein Telefon besaßen und uns es benutzen ließen. Für Notfälle natürlich nur. Ich musste Luis versprechen, ihn bei Jacob nicht zu verpetzen. Mein Bruder hatte Respekt vor dem neuen Arzt. Den hatte Jacob sich schnell verdient, dachte ich und musste mich fast gewaltsam auf das Telefongespräch konzentrieren. Ich musste Spencer den Grund erklären. „Ich war mit Vater heute Morgen in den Bergen. Da habe ich mir den Fuß verletzt. Nichts gebrochen, doch angeschwollen. Ich soll die nächsten Tage nicht auftreten. Sagt Jacob jedenfalls. Damit ich zur Trauung wieder laufen kann." Erklärte ich hastig. Ich überschlug mich fast beim Sprechen. So, als hätte ich ein schlechtes Gewissen. Und musste mich entschuldigen. Anscheinend fasste Spencer es so auf. „Jacob? Meinst du Doktor Hallmann? Seit wann duzt du den Kerl? Und was hast du so früh in den Bergen gemacht." Fragte Spencer wütend. Ich konnte es verstehen. Er hatte sich diesen Abend anders vorgestellt. „Der Doc will mein Erb-Grundstück kaufen, Spencer. Er will sich dort ein Haus bauen. Ich finde es gut. Dann habe ich eigenes Geld und bin etwas unabhängiger. Ich muss dann nicht immer dich danach fragen, wenn es angeschafft werden muss." Sagte ich etwas leiser und wartete auf Spencers Reaktion. Die ließ nicht lange auf sich warten. „Was willst du denn mit einem eigenen Konto, Liebes. Ich hatte mir ausgerechnet, dass wir dein Grundstück zusammen verkaufen. Ich hatte da bereits einiges in die Wege geleitet. Das Geld können wir für unser neues Haus in Detroit nehmen. Es wird teuer genug werden. Und ich brauche unser Stammkapital nicht zu belasten. Das wird meine Mutter freuen. Du willst doch, dass meine Mutter dich mag, oder? Sie ist bereits etwas verschnupft, weil ich mich für dich entschieden habe. Sie hatte

eine andere Frau an meiner Seite erwartet."
Sagte Spencer jetzt mahnend. Plötzlich kochte
Wut in mir auf. Die alte Mary hätte jetzt eine
scharfzüngige Antwort parat. Doch die
erwachsene, die verlobte Mary, wusste sich zu
benehmen. „Spencer? Ich möchte mein eigenes
Geld haben. Ich will nicht wegen jeder Ausgabe
betteln müssen." Rutschte es mir trotzdem
heraus. Ich dachte an meine Ersparnisse, das
Geld, welches ich in meiner kurzem
Berufslaufbahn verdient hatte. Davon wusste
Spencer nichts, und würde es auch nie erfahren,
schwor ich mir. „Lass uns das nicht am Telefon
klären, Liebes. Ich muss mir jetzt eine neue
Begleitung für heute Abend suchen. Die Karte war
teuer und zu schade, zu verfallen. Außerdem
erwarten meine Freunde eine weibliche
Begleitung. Ich muss rumtelefonieren. Mal sehen,
wer so kurzfristig Zeit hat." Sagte er dann
freundlich. Damit war das Thema erledigt.
„Schade, dass es nichts mit deiner Übernachtung
wird. Ich habe mich bereits gefreut." Flüsterte
Spencer jetzt in den Hörer. Ich wechselte die Farbe
und schielte zu Mrs. Miller, die interessiert dem

Gespräch lauschte. Sie glaubte, weil es ihr Telefon war, das Recht dazu zu haben. „Dazu werden wir nach der Hochzeit noch genug Gelegenheit bekommen. Ich muss jetzt Schluss machen. Mrs. Miller braucht ihr Telefon. Kommst du am Samstag? Da ist das Krippenspiel. Du hast versprochen, die Musik zu machen." Erinnerte ich Spencer jetzt an sein Versprechen, das er im Spätsommer. Als er meine Eltern kennenlernte, gegeben hatte. Damals hatte er sein Talent auf unserem alten Klavier zum Besten gegeben, um meine Familie zu beeindrucken. Es war ein lustiger Abend gewesen, erinnerte ich mich. Spencer hatte gespielt und meine Geschwister hatten getanzt. Das war ein guter Einstand damals, dachte ich lächelnd. Wie charmant Spencer sein konnte, dachte ich wieder. Das war der Grund, warum ich mich in ihn verliebt hatte. Spencer, der sanfte, verständnisvolle Oberarzt. Beliebt und bewundert von jedermann. Vor allem von seinen Vorgesetzten. Das war der Mann, in dem ich mich verliebt hatte, dachte ich wieder.

„Das ist diesen Samstag? Das habe ich vollkommen vergessen, Liebes. Da gibt der Direktor des Krankenhauses seine berühmte Weihnachtsfeier. Da sind wir beide eingeladen. Davon habe ich dir doch erzählt. Dafür wollten wir eigentlich morgen das Kleid kaufen gehen. Da kannst du keines deiner üblichen Kleider tragen. Du hast mir fest versprochen, mich zu begleiten." Sagte Spencer jetzt vorwurfsvoll. So, als habe ich wieder die Schuld. „Du hattest mir neulich kein Datum genannt, als du mich gefragt hast, Spencer. Das Krippenspiel findet immer am zweiten Advent statt, das hat Vater dir gesagt damals, als du zugesagt hast für uns zu spielen. Du hast meiner Familie versprochen." Wagte ich zu widersprechen. Es war mir sehr peinlich, das Mrs. Miller das alles mitbekam. Sie würde gleich morgen eine Menge zu berichten wissen, dachte ich frustriert. Sie würde den ganzen Tag beim Kaufmann sitzen und es jedem Kunden unter die Nase reiben.

„Es tut mir echt leid, Mary! Aber die Weihnachtsfeier des Direktors ist mir wichtiger.

Davon hängt meine Karriere ab. Das musst du als meine Ehefrau lernen. Das heißt Verzicht üben. Wir beide werden diesen Samstag auf das Fest gehen. Das Krippenspiel ist doch Kinderkram. Soll sich deine Schwester allein darum kümmern. Sieh mal, wenn wir in Detroit sind, kannst du auch nicht helfen. Sieh es als Feuerprobe für Karen. Sie wird dann ja deine Aufgaben innerhalb der Familie übernehmen. Du gehörst an meine Seite. Etwas, was ich dir gerne heute Nacht gezeigt hätte. Jetzt musss ich zusehen, wer mich heute Abend begleitet. Ich melde mich wegen der Feier Samstag." Sagte Spencer und legte auf. Sprachlos hielt ich den Telefonhörer in der Hand.

Keine Spur vom schlechten Gewissen, dachte ich entsetzt. Der Mann versetzte zwanzig Kinder, die seit Monaten übten, und zeigte keine Spur von Reue. Mit einem Satz hatte er sich dieser Verpflichtung entzogen. „Danke, dass ich telefonieren durfte, Mrs. Miller." Sagte ich brüchig und winkte Luis zu mir. Mein Bruder trug mich zum wartenden Auto. Erst dort erlaubte ich meinen Tränen, die Wange herunter zu laufen.

Luis starrte auf die Straße und schwieg. Das liebte ich an meinem Bruder. Er wusste seinen Mund zu halten.

Gegen Abend hielt ein Wagen vor unserem Haus. War Spencer doch noch gekommen? Hatte er seinen Freunden abgesagt, um nach mir zu sehen? Mein Herz schlug freudig. Doch die Tür ging auf und Jacob erschien. Ausgerechnet der Mann musste heute noch einmal hier auftauchen, dachte wütend.

„Guten Abend, Mary. Was macht ihr verletzter Fuß" Fragte er schmal lächelnd. Verärgert schwieg ich. Das ließ Jacob schmunzeln. „Ich glaubte schon, sie wären trotz meines Verbotes gefahren. Doch dann traf ich Mrs. Miller. Ihnen fehlt ein Musiker, berichtete sie mir. Ich könnte helfen. Wenn sie einen Gitarristen akzeptieren." Sagte Jacob. Er zauberte hinter seinem Rücken eine Gitarre hervor und setzte sich.

6 Kapitel

Jacob begann „Go tell at on the Mountains" zu singen. Eines meiner Lieblingslieder um diese Zeit. Verdammt, konnte der Mann singen, dachte ich überrascht. Seine dunkle Stimme, trieb mir die Tränen in die Augen. Spencer konnte auch singen, doch nicht so dunkel. Er war eher ein Tenor, dachte ich weinend. „So schlimm, Mary? Sie zweifeln doch nicht an ihrer Hochzeit? Oder ihrem Verlobten?" Fragte Jacob und stellte die Gitarre beiseite. „Spencer ist ein Idiot, wenn sie wegen ihm weinen müssen." Er hob seine Hand, wie, um mir eine vorwitzige Haarsträhne aus dem Gesicht zu streichen, überlegte es sich aber in letzter Sekunde. Er griff nach der Keksschachtel und bediente sich.

„Was mischen sie sich eigentlich ständig in mein Leben ein, Jacob Hallmann. Was geht es sie an, was ich mit Spencer zu klären habe. Es geht sie überhaupt nichts an. Das nennt man Privatsphäre." Sagte ich und suchte nach einem Tuch, um mir das Gesicht zu trocknen. Jacob grinste wieder breit. Er ließ sich den Keks schmecken. „Diesen Vortrag solltest du besser

Mrs. Miller halten, Mary. Die gute Frau erzählt überall herum, dass ich dein Grundstück kaufen will. Und dein Zukünftiger das Geld dafür einstecken wird. Er verweigert dir ein eigenes Konto. Unter diesen Umständen werde ich das Grundstück nicht kaufen. Ich verhandele nicht mit Spencer. Ich verhandele nur mit dir darüber." Erklärte Jacob jetzt ernst. Erstaunt starrte ich Jacob an. Das war das erste Mal, dass ich hörte, dass ein Mann mit einer Frau um Land verhandeln wollte. Dann verstand ich. "Warum machen sie mir Spencer immer wieder schlecht, Jacob Hallmann. Seit der Minute unseres Kennenlernens hacken sie auf Spencer herum. bevor sie aufgetaucht sind, war alles perfekt. Ich war glücklich. Doch sie machen mir alles kaputt." Fauchte ich jetzt Jacob an. Das lag mir schon lange auf der Seele. Jacob erhob sich und griff seine Gitarre. "Ich habe meine Gründe, und es ist nichts persönliches mit Spencer, das kann ich zusichern. Soll ich jetzt die Musik beim Krippenspiel übernehmen?" Fragte er. Ich biss mir auf die Unterlippe. "Klären sie das bitte mit meiner Schwester Karen. Sie wird es dieses Jahr *leiten. Ich werde nicht dabei sein." Erklärte ich und dachte, dass ich das erste Mal, seit zwanzig Jahren, nicht dabei sein würde. Schon als Baby hatte ich dort mitgespielt. Ich dachte an diese große Weihnachtsfeier des Direktors. Bis vor einem Jahr hatte ich nur davon gehört. Niemals wäre der Direktor auf die Idee gekommen, eine einfache Krankenschwester einzuladen. Doch mit Spencer an meiner Seite, sah es anders aus. Da standen mir die Türen offen. „Du hast dich entschieden auf dieses dämliche Fest zu gehen? Mrs. Miller hat gesagt, Spencer hätte dich vor die Wahl gestellt. Anscheinend hat er gewonnen. Lass es nicht zur Gewohnheit werden. Das passt nicht zu dir, Mary. Ich habe dich als willensstarke Frau kennengelernt. Bleib so. ich werde deine Schwester suchen." Sagte Jacob verärgert und ging. Ich blieb allein zurück.*

Hatte Jacob recht? Hatte ich klein bei gegeben? Es wäre vielleicht das letzte Krippensiel, das ich miterleben durfte. Bald fand mein Leben weit weg von hier statt. Da konnte ich nicht einfach herkommen. Meine Mutter sah jetzt ins Zimmer.

„Du siehst nachdenklich aus, Mary. Kein Lächeln auf deinem Gesicht. Das macht mir Sorgen. So kenne ich meine Tochter nicht. Was bedrückt dich. Liebes?" Fragte sie und kam zum Bett.

„Ist es normal, sich zu verändern, Mama? Ich fürchte, die alte Mary verschwindet nach und nach. Übrig bleib Mrs. Mary Darwin. Ich habe Angst, das Spencer mich zu seiner Wunschfrau macht. Ich liebe ihn, keine Frage, aber mir kommen Zweifel, ob wir füreinander bestimmt sind. Ist das normal, Mama?"" Fragte ich dann mutig. Mutter zog ihre Stirn kraus und überlegte. Dann lächelte sie. „Das ist ganz normal. Jeder muss Kompromisse machen, Kind. Du ‚ebenso wie Spencer. Jeder hat Ecken, an denen geschliffen werden muss. Dein Vater und ich haben sich vor der Trauung oft gestritten. Sogar eine Stunde vorher. Stell dir vor, dein Vater hatte sich den Nachmittag nach der Trauung zum Angeln verabredet. Für ihn war unsere Eheschließung so etwas wie der Sonntägliche Gottesdienst. Danach, raus aus den guten Sachen und tun, was einem beliebt. Das gab einen ordentlichen Krach."

Berichtete Mutter lachend. „Was ich dir damit sagen will, ist ,dass ihr beide, du und Spencer aus verschiedenen Familien kommt. Ihr beide seid unterschiedlich erzogen worden. Euch sind andere Sachen wichtig. Ihr müsst einen gemeinsamen Nenner finden. Einen, außer eurer Liebe. Ich musste Vaters Leidenschaft fürs Angeln akzeptieren. Du musst dich mit Spencers Ehrgeiz abfinden. Nur so funktioniert eine Ehe." Sagte Mutter mahnend. Ich schluckte schwer an meinen Tränen. „Aber warum muss eine Frau so viel von ihrer Persönlichkeit aufgeben? Und der Mann kaum etwas?" Fragte ich bitter. Mutter riss überrascht ihre Augen auf. „Wie meinst du das Kind? Du bist richtig, so wie du bist. Wenn Spencer erwartet, dass du dich änderst, dann stimmt etwas nicht. Was ist vorgefallen, erzähle." Forderte Mutter mich liebevoll streng auf.

„Es ist weniger Spencer als dieser neue Arzt. Jacob Hallmann sät Zweifel in meine Gedanken. Immer wieder mischt er sich ungebeten ein. Zu allem und jedem hat er etwas beizutragen. Und Spencer gibt dem Mann neuerdings eine Menge

Kanonenfutter. Zum Beispiel mein Stück Land. Ich möchte den Erlös allein verwalten. Doch Spencer hat das Geld bereits in den Hauskauf eingeplant. Ohne mich zu fragen, Mama. Er sagte, dass würde seine Mutter milde stimmen und die Frau überzeugen, dass ich nicht hinter Spencers Vermögen her wäre. So ähnlich hat Spencer es formuliert." Beendete ich meinen Bericht. Mutter schüttelte empört ihren Kopf. „Doc Jacob ist sehr direkt mit seiner Meinung. Das haben alle hier schon zu spüren bekommen, Liebes. Aber der Mann hat recht, wenn er Spencers Methoden kritisiert. Was fällt Spencer ein, dir ein eigenes Konto zu verweigern. Wir leben doch nicht mehr im Mittelalter. Schon schlimm genug, dass du nicht arbeiten gehen sollst. Ich habe viele wunderbare Kinder großgezogen und war immer arbeiten. Vater hat mir nie Vorschriften gemacht, was ich mit meinen Lohn mache. Das werde ich deinem Zukünftigen klarmachen. Er hat sich beim Verkauf des Grundstückes rauszuhalten." Sagte Mutter und erhob sich als Vater nach ihr rief. „Ich komme, Ernst." Rief sie fröhlich, wie immer.

Meine Schwester Karen brachte mir das Abendessen ans Bett. Stolz erzählte sie mir, das Jacob mit ihr über das Krippenspiel gesprochen hatte. Voller Stolz, weil der Mann sie wie eine „Erwachsene" behandelt hatte. Für Karen konnte das nicht schnell genug gehen, dachte ich. Ich dagegen wünschte mir gerade jetzt, wieder ein unbekümmertes Kind sein zu dürfen. Ohne schwere Gedanken. „Hör zu, Karen. Du musst das Krippenspiel dieses Jahr allein bewältigen. Ich begleite Spencer zu einer wichtigen Feier. Dafür benötige ich ein Kleid. Möchtest du mit mir in die Stadt fahren und es aussuchen?" Fragte ich meine kleine Schwester. Ich wusste, Karen hatte einen unfehlbaren Modegeschmack. Etwas, was mir gänzlich fehlte. Mit ihrer Hilfe würde ich ein Kleid nach Spencers Wünschen finden.

Spencer rief noch einmal an. Mrs. Miller richtete mir Grüße aus. Dafür hatte sich die neugierige Frau extra noch einmal auf dem Weg gemacht. „Dein reizender Verlobte lässt dir ausrichten, dass er Heather Locker überreden konnte, ihn heute

Abend zu begleiten. Sie ist ja eine gute Freundin von euch beiden, sagte der Doktor. Du sollst dir keine Sorgen machen und dich ausruhen. Er kommt dich, wie vereinbart am Samstag abholen. Was sagst du dazu. Mary? Geht der Mann einfach mit einer anderen Frau aus. Ist das zu fassen?" Fragte Mrs. Miller empört.

„*Ich weiß nicht, was Mary dazu sagt, Mrs. Miller. Ich sage dazu, dass es Zeit wird, dass Familie Salomon einen eigenen Telefonanschluss bekommt. Es gibt Dinge, die gehören nicht außerhalb einer Familie. Wie schnell können sie ans falsche Ohr geraten." Sagte jetzt die strenge Stimme meines Vaters von der Tür her. Mit einem lauten Seufzen ließ er sich auf die Bank sinken.*

„*Und vom falschen Ohr landen diese Geschichten dann im Gemischtwarenladen. Breit getreten und ausgeschmückt, oder Mrs. Miller?" Setzte Jacob hinzu. Auch er setzte sich und entledigte sich seiner Stiefel. „Und damit sie neuen Klatsch haben, Mrs. Miller. Ich habe soeben Marys Grundstück gekauft. Ich werde dort ein Haus bauen, ich beabsichtige, eine Familie zu* gründen." Setzte er breit grinsend hinzu. Mrs. Miller sprang auf und verschüttete fast ihren Kaffee. „Was für Frechheiten nehmen sie sich heraus, Doktor Hallmann. Ich klatsche nicht. Ich erzähle stets die Wahrheit. Und nur, wenn man mich danach fragt. Das schwöre ich. Es ist empörend, wie ich hier behandelt werde, da bin ich so nett, dir die Nachricht von Doktor Darwin auszurichten und werde auch noch beleidigt. Ich gehe besser!" Fauchte Mrs. Miller und griff ihren Mantel. An der Tür drehte sie sich jedoch noch einmal um. „Soll das bedeuten, Doktor, dass sie auf Freiersfüßen wandeln? Das sie auf Brautschau sind? Ich kenne alle ledigen Frauen hier in der Gemeinde. Ich stelle sie ihnen gerne vor." Sagte die Frau, die gerade noch wütend davon stürmen wollte. Ich sah zu, wie Jacob sich ein Lachen verkniff. Das sah zu komisch aus. „Bemühen sie sich nicht, Mrs. Miller. Ich habe meine Wahl bereits getroffen. Schon seit meiner Ankunft hier. Ich weiß genau, wer Mrs. Jacob Hallmann wird." Sagte Jacob dann ernst. Er schloss seine Augen und schien an die Frau zu denken.

„Na denn. Ich habe es ja nur gut gemeint. Mary, wir sehen uns spätestens bei deiner Trauung. „Ach nein, die findet ja nicht traditionell auf dem Berg statt. Du heiratest ja in der Stadt. Schade, Liebes. Aber Opfer muss man bringen, wenn man voran kommen will." Teilte Mrs. Miller noch einmal aus. Dann war sie endlich weg. Niemand mochte etwas sagen. Mutter verteilte Gläser und holte Vaters Schnapsflasche aus dem Schrank. Schweigend füllte sie unsere Gläser. „Prost. Darauf, dass wir den Drachen erfolgreich in die Flucht geschlagen haben. Wir bluten, leben aber alle noch," Sagte Jacob. Sein breites Grinsen ließ unsere schlechte Laune verfliegen. Selbst meine zurückhaltende Mutter lächelte etwas. „Sie wissen schon, dass sie den Drachen gerade gefüttert haben, oder? Mit wertvollen Informationen, Jacob. Sie werden ab jetzt keine ruhige Minute haben. Sie stehen ab sofort unter Beobachtung. Jeder will jetzt rausfinden, wer ihre Auserwählte sein könnte. Es werden bestimmt Wetten darauf abgeschlossen." Warnte Mutter trotzdem noch einmal. Jacob hob seinen Kopf und lächelte mich verschwörerisch an. „Das nehme ich gerne in Kauf. Ich werde es bestimmt überleben. Hauptsache, Mrs. Miller lässt Mary endlich in Ruhe. Es nervt mich, wie die Frau sich auf alles stürzt, was mit dieser Hochzeit zu tun hat." Sagte er dann ernst. Ich hörte ein leises Seufzen in seiner Stimme. Mutter stellte einen Teller mehr auf dem Tisch. Jacob blieb also zum Abendbrot. „Mary. Sei so nett und zeige Jacob, wo er sich waschen kann." Bat Mutter mich jetzt. Sie reichte mir einen alten Gehstock. „Das kann ich doch machen, Mama." Bot sich sofort Karen an. Doch Mutter schüttelte den Kopf. „Dich brauche ich in der Küche, Liebes. Da brauche ich zwei Hände, die mithelfen." Sagte sie streng.

Jacob stützte mich leicht, während ich ihn ins Badezimmer führte. Dankbar setzte ich mich auf den Rand der alten Badewanne. Mein Knöchel schmerzte ziemlich. „Sie dürfen es Mrs. Miller nicht übel nehmen, Jacob. Sie fühlt sich unter ihrem Stand verheiratet und neidet mir die „gute Partie", wie sie meint. Damit leben wir hier alle. Wir kennen uns alle sehr gut und leben mit den Fehlern der anderen." Erklärte ich nachdenklich.

„Ist das so? Und wie lebt es sich mit seinen eigenen Fehlern, Mary?" fragte Jacob plötzlich und hob meinen Kopf. Dann küsste er mich sanft.

7 Kapitel

Jacob hielt mich. Ich wollte mich empört losreißen und wäre fast in die Badewanne gerutscht. „Was fällt ihnen ein! Ich bin verlobt!" fauchte ich Jacob an. Der Kuss hatte mich überrascht. Nicht, weil er so plötzlich kam. Nein, weil er mir ausgesprochen gut gefallen hatte. Erschrocken strich ich über meine bebenden Lippen. „Dafür hätten sie eine Ohrfeige verdient, Jacob Hallmann." Sagte er erschüttert. Jacob grinste wieder und zog sich ungeniert das Hemd aus. Mit nacktem Oberkörper beugte er sich übers kleine Waschbecken. Ich würde ja gehen, doch er versperrte den Ausgang. Ich kam an ihm nicht vorbei. Das wusste Jacob, machte aber keine Anstalten, zu rücken. In diese Falle hatte ich mich selbst dirigiert. „Wofür habe ich eine Ohrfeige verdient, Mary? Dafür, dass ich getan habe, was schon lange fällig war zwischen uns? Seit dem Abend ihrer Verlobung haben sie hier drauf doch gewartet. Ebenso wie ich. Seit dem Tag kann ich an nichts anderes mehr denken. Und ihnen ergeht es doch genauso, oder?" Sagte Jacob jetzt dunkel. Ich zitterte heftig. konnte der Mann Gedanken lesen? Woher konnte er wissen, wie oft ich an den Kuss zurückdachte. Das hatte ich niemanden erzählt. „Sie sind ja vollkommen verrückt, Mann. Ich bin glücklich verlobt. Ich liebe Spencer aufrichtig. Und heute Nacht hätten wir unsere Liebe besiegelt, hätte ich mir nicht den Fuß verstaucht." Sagte ich wütend über seine anmaßenden Worte. Ich erhob mich und versuchte, an Jacob vorbei zu kommen. Er setzte sich zur Wehr. „Lass den Unsinn, Mary. Merkst du denn nicht, was zwischen uns beiden passiert? Zwischen uns stimmt die Chemie. Du bist, nein warst, eine selbstbewusste, energische, bestimmende Frau. Du hast sechs Geschwister großgezogen. Alle sind prima geworden. Doch bei Spencer wirkst unreif und linkisch. Du sagst zu allem Ja und Amen. Was er auch tut. Das ist keine

Liebe, das ist Verblendung." Schnauzte Jacob mich jetzt an. Wieder küsste er mich. Diesmal aber härter, leidenschaftlich. Dann machte er den Weg frei. Wütend, wie nie in meinem Leben, humpelte ich aus dem Badezimmer. Direkt in die Arme meiner lächelnden Mutter. „Hier habe ich frische Handtücher für Jacob. Alles in Ordnung, Kind?" Fragte sie und ging, bevor ich ihre Frage beantworten konnte.

„Ich möchte heute noch in die Stadt. Luis, würdest du mich fahren? Ich möchte Spencer überraschen." Sagte ich am Tisch. Ich sah mit Genugtuung, wie Jacob fast die Gabel aus der Hand fiel. „Ich kann vielleicht nicht tanzen. Aber ich kann einen schönen, ruhigen Abend mit Spencer verbringen." Sagte ich entschieden.

Niemand sagte ein Wort. Jeder der Erwachsenen wusste, was ich andeuten wollte. Mutter wechselte ihre Gesichtsfarbe. Vater knurrte leise. „Ich warte im Auto auf dich, Schwester." Sagte Luis und griff seine Jacke. „Ich werde dann auch fahren. Es liegt noch Arbeit auf meinem Tisch."

Sagte Jacob bitter. Auch er nahm seine Jacke und folgte meinen Bruder. Ich erhob mich, um meine Tasche zu packen. Mutter sah mir sorgenvoll hinterher. Ihr Blick machte mir ein schlechtes Gewissen. Doch ich hatte mich entschlossen.

„Warum wolltest du heute noch in die Stadt. Das würde mich brennend interessieren, Mary. Du warst schon lange nicht mehr so spontan. Seit deiner Verlobung bist du regelrecht handzahm geworden. Das heute hat uns alle überrascht, große Schwester. Ist das nicht etwas unvernünftig?" Fragte mich Luis vorsichtig. Ich war handzahm geworden? Sahen mich meine Familie und Freunde etwa so? Hatte ich mich wirklich so sehr verändert? Das fragte ich mich jetzt entsetzt. „Ich bin nicht zahm geworden, Luis. Ich bin erwachsen geworden. Das ist ein Unterschied. Ich habe mich für Spencer entschieden und muss jetzt seine Bedürfnisse an erster Stelle stellen. Seine Karriere entscheidet über das Wohlergehen meiner zukünftigen Familie." Erklärte ich trotzig.

„Was für eine gequirlte Scheiße redest du denn, Mary? Ist das dein Ernst? Ist das das Mädchen, das Willy Castor hinter der Schule verprügelt hat? Oder sich den Arm gebrochen hat, um den Hund zu retten? Unsere Eltern kennen bis heute nicht die Wahrheit darüber. Was ist aus diesem Mädchen geworden." Sagte Luis bitter und hielt den Wagen vor Spencers Haus. Sein Blick glitt über das große Anwesen. „Du kannst diese Mary nicht auf Dauer unterdrücken. Eines Tages bricht sie aus und du wirst dich für dein gewähltes Leben hassen, Schwester. Du bist ein Kind der Berge. Du gehörst in keine Großstadt. Dort wirst du eingehen. Wie eine Blume ohne Wasser. Denke an meine Worte, wenn du Spencer triffst. Noch glaubst du an seine Liebe, doch was ist später?" Fragte mein Bruder eindringlich und öffnete mir die Tür. Er wartete, bis mich eine Hausangestellte herein ließ. Dann fuhr er davon. Mit Tränen in den Augen, sah ich meinem Bruder hinterher.

Ich lag, eingekuschelt, in einer warmen Decke. Vor mir brannte der große Kamin. Ich wartete auf

Spencer. Er war noch mit seinen Freunden unterwegs. So hatte es mir die Hausdame erklärt. Die nette Frau hatte mir ein Zimmer zubereitet. Dort vermutete sie mich jetzt auch, tief schlafend. Doch ich wollte lieber hier im eleganten Kaminzimmer auf Spencer warten. Ich musste mit meinem Verlobten reden. Hier, in diesem Zimmer, hatte mir den Heiratsantrag gemacht. Hier hatten wir uns oft leidenschaftlich geküsst. Uns unsere innige Liebe beteuert. Hier würde ich alle Fragen und Probleme, Zweifel, aus dem Weg räumen. Hier würde ich endlich in Spencers Armen sinken und seine Frau werden, dachte ich aufgeregt. Dann würden diese dummen Tagträume um Jacob von selbst enden, überlegte ich angespannt. Ich musste wieder an den Kuss heute Nachmittag denken und erzitterte. Jacob liebte ein anderes Mädchen, das hatte er heute verkündet. Er spielte nur mit mir. Es gefiel dem Mann, mich zu verunsichern. Das war sein Zeitvertreib, dachte ich wütend. Wieder sah ich zur eleganten Uhr über dem Kamin. Mitternacht, Spencer blieb aber lange fort. Wollte er nicht eigentlich nur die Aufführung besuchen? Die sollte längst aus sein, überlegte ich weiter.

Ein Geräusch an der Tür ließ mich zusammenzucken. Jetzt waren eindeutig Stimmen zu vernehmen. Eine dunkle, eindeutig Spencer und eine helle, die Stimme von Heather. Beide Menschen blieben im Eingang des Kaminzimmers stehen. Ich machte mich klein. Dass Heather hier auftauchte, machte mich verlegen. Warum hatte Spencer die Frau mitgebracht? Warum hatte er sie sie nicht zuhause abgesetzt. Das fragte ich mich nervös.

„Ihre Verlobte ist angekommen, Doktor, Miss Salomon schläft oben im blauen Gästezimmer. Brauchen sie mich noch, Sir ? Dann würde ich gerne auch zu Bett gehen." Hörte ich die Hausdame verstimmt grummeln. Es war ja reichlich spät, dachte ich mitleidig. „Mary ist hier? Dann muss ich dich leider bitten zu gehen, meine Liebe. Dann wird es heute nichts mit uns beiden. Eine entzückende Jungfrau wartet auf ihren ersten Stich." Sagte ein angetrunkener Spencer so vulgär, dass mir der Atem stockte. Das war der charmante Mann, der vertrauensvolle Oberarzt? Der Mann, den ich liebte? Gespannt lauschte ich weiter. Jetzt hörte ich Heather lachen. Es klang allerdings nicht fröhlich. Eher frustriert, dachte ich geschockt. „Weiß deine liebreizende Verlobte von deinen kleinem Alkoholproblem? Oder ist sie ebenso ahnungslos wie in all den anderen Dingen. Es muss schön sein, so naiv zu sein. Mir würde so eine rosarote Brille auch gut stehen. Leider habe ich meine bereits vor Jahren verloren. Seit ich das erste Mal mein Bett mit dir geteilt habe, mein Lieber. Darauf folgte schnell die Ernüchterung." Sagte Heather jetzt hässlich. Ich steckte mir die Faust in den Mund, um nicht aufzuschreien, so sehr schmerzte mich dieses Gespräch. Spencer grunzte jetzt und griff die Whiskyflasche. „Und doch folgst du mir brav, immer wieder ins Bett, Liebes. Ich brauche nur zu rufen. Darauf wartest du doch. Darauf, dass ich dich nehme." Sagte er gehässig. „Du bist süchtig nach mir, das spüre ich, das wird sich nie ändern. Mary wird meine Frau. Eine schöne, naive Frau, die ich mir formen kann. Ich habe damit bereits angefangen. Wenn ich sie von ihrer Familie erst getrennt habe, ist sie Wachs *in meinen Händen. Du, Heather bleibst in meiner Nähe. Ich kann dich gut gebrauchen. Du wirst Marys gute „Freundin" werden, dir wird sie alles anvertrauen. Und das berichtest du mir dann getreu. Während wir uns im Bett wälzen." Sagte Spencer und trank direkt aus der Flasche.*

Heather griff ihren Mantel und ging zur Tür. „Es reicht mir, Spencer. Seit drei Jahren hoffe ich, das du erkennst, was ich für dich empfinde. Ich habe alle deine Kapriolen mitgemacht. Habe sogar gratuliert als du dich mit Mary verlobt hast. Obwohl mir zum Heulen war. Immer die gute Freundin spielend. Zu mehr taugte ich nicht. War nur für dein Bett gut. Es reicht jetzt. Ich muss loskommen von dir. Ich bedauere deine zukünftige Frau und hoffe, dass sie rechtzeitig aufwacht und erkennt, was für ein Mann du wirklich bist. Ich frage mich, was Mary zu diesem Gespräch sagen würde." Sagte Heather traurig und sah sich um. Sie schrie auf als sie mich auf dem großen Sofa liegen sah.

„Ich würde sagen, dass dieses Gespräch mir die Augen geöffnet hat, Heather. Auch, wenn es

wehtat, so danke ich dir dafür. Und auch dir, Spencer, dass ich deinen wahren Charakter kennenlernen durfte. Bevor es zu spät war. Ich löse hiermit unsere Verlobung, Spencer Darwin. Such dir ein anderes Opfer. Ich will dich nie wiedersehen." Sagte ich so fest ich konnte. Zum Weinen blieb mir später noch Zeit. Ich zog den teuren Verlobungsring vom Finger und warf ihn achtlos auf den Tisch. Dann suchte ich meine Schuhe. Raus, ich musste schnellst möglich hier raus. In meinem Kopf überschlugen sich die Gedanken. Keinen von ihnen bekam ich zu fassen. Mein Herz schmerzte und wollte nicht begreifen, was dir Ohren gehört hatten und das Gehirn zu verarbeiten versuchte. Das dort vorne sollte mein liebenswerter Verlobter sein? Der Mann, der mich angeblich liebte? Wie konnte ich mich nur so irren.

„Machen sie sich nichts draus, Mary. Ich bin auch auf dem charmanten Spencer reingefallen. Damals dachte ich, er würde es ernst meinen. Doch ich erwachte in der Hölle." Sagte Heather müde. Spencer stellte die Flasche endlich weg. Er

hatte jetzt erst das ganze Ausmaß dieses Abends begriffen. Er kam zu mir, um mich in seine Arme zu nehmen. Doch energisch wehrte ich den ziemlich betrunkenen Mann ab. Er stolperte rückwärts. „Mary, es ist nicht so, wie du glaubst. Ich kann es dir plausible erklären." Stotterte er erschrocken. Ich griff meine Jacke und zog meine Augen zusammen, um die Tränen zurückzuhalten. „Ich bin vielleicht naiv, weil ich so glücklich aufgewachsen bin. Doch bin nicht dumm, Spencer. Nein, ab jetzt wieder Doktor Darwin. Leben sie wohl." Sagte ich bitter schluckend. „Warten sie, Heather. Ich komme mit raus." Ich wollte unter keinen Umständen allein mit dem betrunkenen Spencer bleiben. Ich fürchtete mich plötzlich.

8 Kapitel

Heather führte mich in ein kleines Café, das um diese unchristliche Zeit geöffnet hatte. Dort zwang sie mich zu setzen. Es war zu früh, um jemanden zu bitten, mich abzuholen. Es dämmerte erst. Mrs. Miller würde garantiert noch schlafen. Niemand aus meiner Familie wusste, wie dreckig es mir in diesem Moment ging, dachte ich deprimiert. „Sie müssen mich jetzt hassen, Mary. Doch ich wollte nur , dass sie den wirklichen Spencer kennenlernen, bevor es zu spät für sie ist. So, wie es bei mir war. Damals spielte Spencer mir auch den herzensguten Arzt vor. Er verführte mich und dann zeigte er sein wahres Ich. Ich bin dem Mann hörig, es ist verteufelt. Ich weiß, er ist mein Untergang. Doch ich komme nicht los von ihm. Deswegen werde ich wegziehen. Weit weg neu beginnen. Mein Cousin wird mir dabei helfen." Erklärte Heather jetzt langsam und reichte mir ein Taschentuch. „Ihr Cousin?" Fragte ich verwundert. Warum erzählte mir die Frau von ihrem Cousin, fragte ich mich still. „Ja, sie kennen ihn nicht. Aber sie haben einen gemeinsamen Freund. Er hat mich informiert, dass sie letzten Abend noch in die Stadt wollten. Ich wusste also, dass sie uns belauscht haben, Mary. Das Gesprächsthema war also extra gewählt von mir." Sagte Heather schmal lächelnd und hob ihre Hand zum Gruß. Ich sah Jacob Hallmann auf mich zukommen.

Ich zuckte zusammen. Jetzt flossen die Tränen. Ich schämte mich fürchterlich, dass ausgerechnet Jacob das alles mitbekommen musste. Der Mann, den ich jetzt überhaupt nicht gebrauchen konnte. Der Mann, der mich nicht so aufgelöst sehen sollte. „Was wollen sie denn hier? Verfolgen sie mich etwa?" Schnauzte ich den Mann an. Jacob grinste wieder, wie ich das hasste, dachte ich wütend. „Richtige Wut, falscher Mann, Mary. Ich bin nur hier, weil ich mir Sorgen um sie mache. Ich bin ein Freund von Heathers Cousin. Wir haben zusammen studiert. Mehr ist da nicht." Erklärte Jacob jetzt geduldig und zog sich einen Stuhl heran. Er reichte mir ein Taschentuch. „Es war meine Idee, Jacob mit reinzuziehen, Mary. Mein Cousin erzählte mir, wo Jacob seine Praxis eröffnen wollte. Er erzählte mir, wie Spencer sie um den Finger wickelte. Da nahm ich meinen ganzen Mut zusammen und berichtete Jacob von dem wahren Spencer. Es reicht, dass der Mann mich ins Unglück gestürzt hat. Nach dem Tod meines Mannes war ich das ideale Opfer für den Mann. Ich war verletzlich und voller Trauer. Das hat Spencer ausgenutzt. Fallen sie nicht auch darauf rein, Mary. Der Mann wird versuchen, sie zurück zu bekommen. Spencer Darwin verliert nicht." Erklärte Heather und erhob sich. Sie ging und ließ mich mit Jacob allein. Schweigen trat ein. Niemand wusste etwas zu sagen.

„Also, nachhause, Mary?" Fragte mich Jacob milde. Er winkte dem Kellner nach der Rechnung. Schweigend half er mir in meinen Mantel. Ich schluckte die letzten Tränen herunter und folgte ihm zu seinem Auto. Wenigstens musste ich nicht wieder Mrs. Miller belästigen, dachte ich deprimiert. Das ersparte mir unangenehme Fragen, die einen Verhör gleichkamen. „Sei froh, dass du hinter seinem wahren Charakter gekommen bist, bevor die Hochzeitsglocken geläutet haben. Dann hättest du wesentlich mehr Probleme. So war es ein Ende mit Schrecken. Aber besser, als ein Schrecken ohne Ende." Sagte Jacob schmal lächelnd. Sollte mich das trösten? Ich kämpfte erneut mit den Tränen. „Wie konnte ich mich nur so irren, Jacob? Ich besitze doch eine gute Menschenkenntnis. Ich bin doch nicht blind. So hätte ich Spencer nie eingeschätzt." Erklärte ich leise seufzend. Plötzlich war ich froh, dass Jacob an meiner Seite war. Mit niemand anderen könnte ich das hier besprechen, dachte ich verwundert. „Das war nicht deine Schuld, Mary Salomon. Solche Karriere orientierte Menschen stehen unter gewaltigen Druck. Sie greifen oft zu Alkohol oder Drogen, um diesen Druck auszuhalten. Ich habe es zu oft erlebt und die Reißleine gezogen. Lieber eine eigene Praxis auf dem Land, frei zu haben, zum Angeln, als Geld scheffeln." Erklärte Jacob mir jetzt ernst. „Ich möchte Kinder und sie aufwachsen sehen. Mit ihnen reden und spielen. Das alles kann Spencer nicht. Er ist ein Mann, der dem Ruhm nachjagt. Seine Kinder werden ihren Vater nie richtig kennenlernen." Jetzt schwieg er einen Moment. So, als erinnerte er sich an etwas. „Dein Vater ist mir ein großes Vorbild, Mary. Er kümmert sich um alle von euch. Er kennt alle eure kleinen oder *großen Geheimnisse. Das ist erstaunlich. So möchte ich eines Tages auch werden. Meine Kinder sollen gerne mit ihren Problemen zu mir kommen." Erzählte Jacob dann weiter. Er redete, um mich von meinem Kummer abzulenken, das spürte ich. „Dann wünsche ich ihnen, Jacob, dass die Frau, die sie sich erwählt haben, es auch wert ist." Sagte ich nachdenklich. Welches Mädchen aus unserer Gemeinde mochte das wohl sein, überlegte ich jetzt das erste mal. Hoffentlich nicht Karen, dachte ich jetzt erschrocken. Ich wollte mir Jacob nicht als meinen Schwager vorstellen. Nein, nur das nicht, dachte ich zitternd. Ich stellte mir vor, den Mann jedes Wochenende beim gemeinsamen Essen zu treffen. Zusehen müssen, wie Karen schwanger wurde und seine Kinder zur Welt brachte, nein das konnte ich nicht. „Mary? Hören sie mir zu? Ich sagte eben, dass diese Frau alles wert ist. Auch, dass ich auf sie warten muss. Ich kann warten, wenn es sich lohnt. Noch ist sie nicht so weit, mich als ihren zukünftigen Mann in Erwägung zu ziehen, doch der Tag wird kommen. Da bin ich mir sehr sicher." Sagte Jacob und holte mich aus meinen düsteren Gedanken. Redete er* wirklich von meiner jüngeren Schwester? Alles deutete darauf hin, dachte ich frustriert. Karen war siebzehn Jahre, in ein, zwei Jahren durfte sie auch schon heiraten, und sie würde nicht so lange damit warten wie ich, dass wussten alle in unserer Familie. „Da wünsche ich ihnen viel Erfolg, Jacob. Meine Schwester Karen ist umschwärmt. Da müssen sie sich ranhalten. Sie sind nicht mehr der Jüngste in Karens Augen. Die Konkurrenz ist da groß." Sagte ich zickig. Das Gespräch nervte mich merkwürdigerweise. Dabei wollte mich Jacob doch nur etwas von meinem Kummer ablenken. „Autsch, das tat weh, Mary. Ich bin doch erst dreißig. Aber ich kann sie beruhigen. Es ist nicht Karen, die ich liebe. Sie ist zwar niedlich, doch ich brauche eine Frau, keine Puppe. Entschuldigen sie den Vergleich. Doch ich brauche eine Frau, die belastbar ist. Und mitanfassen kann. Die mich in der Praxis unterstützen kann, das wird mit Karen nicht möglich sein. Sie ist zwar hübsch anzusehen, aber nicht belastbar." Erklärte Jacob jetzt lachend. Widerwillig musste dem Mann rechtgeben, auch wenn es mir widerstrebte. Karen war keine gute Hausfrau, das war vorwiegend meine Schuld. Ich hatte ihr zu viel ihrer Aufgaben abgenommen. Das rächte sich jetzt. „Sie haben es schnell durchschaut, Jacob. Ich bin beeindruckt. Die meisten Männer achten auf so etwas nicht. Sie sehen nur Karens gutes Aussehen. Sie haben es gleich entdeckt." Sagte ich ehrlich. Jacob stoppte den Wagen und griff eine Decke. Ohne Worte, wickelte er mich in den warmen Stoff. Er hatte bemerkt, wie sehr ich fror. „Ich muss gut beobachten können, Mary. Es ist Teil meines Berufes. Ich brauchte nur Karen bei euch zuhause beobachten. Sie tut keinen Handschlag ohne direkte Aufforderung. Anders als du. Du packst an, wo du gebraucht wirst." Erklärte Jacob und fuhr weiter. Ich döste ein und fiel in einen erschöpften Schlaf.

„Karen? Wie kommst du nur auf solch dumme Idee, Mary Salomon." Hörte ich Jacobs Stimme murmeln.

Jacob begleitete mich ins Haus. Es war gespenstisch ruhig. Alle schliefen. Hier, wo sonst das Leben tobte, herrschte Ruhe. „Möchten sie noch einen Kaffee, Jacob? Es war nett, mich in der Stadt einzufangen. Sie haben lange warten müssen. Sie müssen müde sein. Und in wenigen Stunden werden die Patienten wieder auf sie warten." Sagte ich und dachte das erste Mal daran, was der Mann vor mir auf sich genommen hatte, um mir zu helfen. Er musste stundenlang in dem Café ausgehaart haben, überlegte ich. „Ich nehme gerne noch einen Kaffee. Schön stark bitte. Und ja, ich habe lange gewartet. Aber das war es mir wert. Die Vorstellung, dich allein in der Stadt herumirren zu wissen, war beängstigend. Ich möchte mir nicht vorstellen, was passieren könnte." Er räusperte sich leise. „Heather ist bestimmt mit ihrem Cousin auf den Weg nach Europa. Das musss sein. Sie muss von Spencer loskommen. Da ist Abstand das Beste." Wechselte Jacob jetzt geschickt, dass Thema. Ich ignorierte, dass er mich wieder duzte. Nach diesem „Abenteuer" stand es ihm zu, dachte ich still. Ich schwieg und setzte Wasser auf. Seit wir elektrischen Strom hatten, war das einfacher geworden. „Woher wussten sie, dass Spencer ein Blender ist, Jacob? Ich meine, sie kannten ihn doch nicht. Sie haben ihn auf meiner Verlobungsfeier doch erst kennengelernt." Überlegte ich laut. Jacob wartete mit seiner Antwort, bis ich ihn einen Becher dampfenden Kaffee reichte. Dankbar trank er einen Schluck. „Ich kenne solche Arzt- Typen. Reich, verwöhnt, gewohnt zu bekommen, was sie begehren. Spencer ist da keine Ausnahme, leider. Als er angetrunken zu spät zu seiner eigenen Verlobungsfeier erschien, wurde ich hellhörig. Ich zog Erkundigungen ein. Mein ehemaliger Studentenfreund arbeitet im selben Krankenhaus wie Spencer. Von ihm erfuhr ich, dass Spencer massive Probleme hat. Er hat angetrunken, eine schwere Operation versaut. Der Patient wäre fast gestorben. Es kostete der Familie eine Stange Geld, es unter dem Tisch zu kehren. Spencer geht nicht freiwillig nach Detroit. Man hat es ihm nahegelegt. So will man den Mann loswerden." Erzählte Jacob dann bitter seufzend. „Man nennt es auch „Wegbefördern". Er verschwieg mir noch so einiges, das spürte ich. Doch dass, was er bereits gesagt hatte, reichte mir. „Sie sind ja gut informiert, Jacob. Und sie geizen nicht mit ihrem Wissen. Ich will nichts mehr hören. Es reicht, dieser Tag war ereignisreich genug. Behalten sie ihre anderen Informationen für sich." Sagte ich jetzt unfreundlich. Ich kam mir unglaublich dumm und naiv vor, wenn Jacob mir solche Dinge, die ich eigentlich selbst hätte bemerken sollte, an den Kopf warf. Hatte ich mich nicht schon selbst gewundert, warum sich gute Freunde und Freundinnen zurückgezogen hatten und sich nicht mehr meldeten? Warum meine Einladungen zur Verlobung unbeantwortet blieben? Spencer hatte es heruntergespielt und auf Neid und Eifersucht geschoben. Es hatte so plausibel geklungen, wenn er es mir erklärte, dachte ich wieder geschlagen.

„Geh nicht zu hart mit dir ins Gericht, Mary. Alkoholiker sind Meister der Verstellung. Ich muss es wissen. Ich habe einen Vater gehabt, der die Flasche mehr liebte als seine Familie." Sagte Jacob dunkel und küsste mich sanft auf die

Wange. Sie schmeckte salzig von meinen Tränen, das wusste ich. Schweigend sah ich zu, wie er seine Jacke griff und die Haustür ins Schloss fiel. Ich sah zur Uhr. Schlafen lohnte nicht mehr. Ich würde Frühstück vorbereiten.

9 Kapitel

Erst nach vierzehn Tagen traute ich mich wieder aus dem Haus. Selbst dem Krippenspiel war ich fern geblieben. Karen hatte mir von Jacobs wunderbarem Gitarrenspiel vorgeschwärmt, bis ich es nicht mehr hören konnte und Streit entbrannte. Meine Laune war schrecklich. Jetzt gingen mir meine Geschwister aus dem Weg. Ich konnte sie verstehen.

Meine geplatzte Hochzeit hatte in unserer kleinen Gemeinde für allerhand Gesprächsstoff gesorgt. Allen voran Mrs. Miller, die behauptete, es sofort bemerkt zu haben. Das Spencer nicht zu mir einfachen Mädchen passen würde. Das ich zu hoch geflogen wäre und mir die Flügel verbrannt hätte. Meine Eltern waren die einzigen, die ich die wahren Gründe unserer Trennung berichtet hatte. Es ging niemand anderen an. Schlimm genug, das Jacob Hallmann Bescheid wusste, dachte ich frustriert.

Doch das Leben ging weiter und ich musste mir einen Job suchen. Ich musste Geld verdienen und das möglichst schnell. Denn ich wollte auf eigenen Beinen stehen. Meine Eltern hatten genug zu tun, meine anderen Geschwister zu versorgen. Und das fiel in diesen Zeiten schon schwer. auch, wenn sich niemand beklagte. Ich musste ins Krankenhaus. Ich wollte mir ein Zeugnis ausstellen lassen. Das würde mir bestimmt helfen, mich zu bewerben, überlegte ich seufzend. Auch wenn das bedeutete, dass ich Spencer über dem Weg laufen könnte, musste ich diesen Weg gehen. Ich brauchte das Zeugnis dringend. Selbst im staatlichen Altenheim verlangten sie so ein Schreiben. Ich galt als zu jung, um genug Berufserfahrung vorzuweisen, dachte ich deprimiert. Wenigstens ließ mich Jacob seit dem denkwürdigen Abend in Ruhe. Der Mann war in den Bergen, dort grassierte eine heftige Erkältungswelle, die drohte, auch zu uns herunter zu schwappen. Täglich erreichten Vater neue Meldungen über erkrankte Nachbarn und Freunde. Eigentlich fühlte ich mich verpflichtet, dem Mann zu helfen, dachte ich jetzt wieder mit schlechtem Gewissen. Jacob kämpfte dort oben ganz allein gegen die Krankheit. Doch ich war zu gefangen in meinen eigenen Schmerz. Ich hatte Spencer wirklich geliebt, dachte ich wieder und unterdrückte die Tränen.

Draußen erklang jetzt eine Hupe. Verwundert erwachte ich aus meinen trüben Gedanken. Wer würde um diese Zeit hier vorbeikommen? Die Kleinen waren in der Schule, die großen in der Arbeit. Ich war das einzige, unnütze Familienmitglied. Wieder wurde gehupt. Ich eilte zum Fenster und sah Jacobs Wagen draußen stehen. Was suchte der Mann hier, das fragte ich mich und überhörte mein pochendes Herz. Ausgerechnet er musste mich heute aufsuchen. Was wollte der Mann? Jetzt winkte er mich nach draußen. Schnell griff ich meinen Mantel. Atemlos, was ich der Kälte zuschrieb, blieb ich vor

dem Wagen stehen. „Was wollen sie, Jacob?"
Fragte ich unhöflich. Der Bus in die Stadt fuhr in
einer Stunde. Den musste ich erwischen. „Dir
auch einen guten Morgen, Mary. Schön, dich so
gutgelaunt zu sehen. Ich muss ins Krankenhaus.
Meine Vorräte an Medizin sind aufgebraucht. Ich
kann mir dort Nachschub abholen. Ich traf deinen
Vater, er sagte mir , dass du ebenfalls dorthin
willst. Ich kann dich mitnehmen. Das erspart dir
eine lange, teure Busfahrt." Erklärte Jacob jetzt
geduldig. „Du kannst es dir aussuchen. Entweder
ich oder der Bus. Ich verspreche auch, brav
meinen Mund zu halten." Setzte er schief grinsend
hinzu. Das ließ mich schmunzeln. „Sie und den
Mund halten. Das möchte ich erleben. Ich hole
nur meine Tasche." Sagte ich erleichtert, dass mir
die lange, nie enden wollende Busfahrt erspart
blieb. Der Bus hielt bei jeder Milchkanne, dachte
ich sarkastisch. Jeder, der etwas für die Post hatte,
hielt den Bus an, und gab seine Briefe mit. Das
war Zeit und Nervenraubend.

„Was willst du denn im Krankenhaus, Mary?
Willst du dich deinem Drachen stellen?" Fragte

Jacob. Nach zehn Minuten Schweigens. Zehn Minuten hatte der Mann durchgehalten, dachte ich amüsiert. Ich wusste, er sprach aus Sorge, so albern. Er machte sich so seine Gedanken. „Nein, eigentlich hoffe ich, dem Mann aus dem Weg gehen zu können. Ich brauche ein Arbeitszeugnis. Das Leben geht weiter. Ich muss mir einen Job suchen. Ich muss Geld verdienen. Meine Eltern können mich nicht ewig durchfüttern. Und ich muss meine Tage sinnvoll gestalten. Der Haushalt Zuhause ist da keine Herausforderung. Ich langweile mich und dann fange ich das Grübeln an. Gefährliche Kombination." Sagte ich selbstironisch. Jacob lachte amüsiert. „Das ist die Mary, die mir beschrieben wurde, ich gratuliere. Sie sind auf dem Weg zur Heilung, Miss Salomon." Sagte er dann grinsend und strich mir eine vorwitzige Strähne aus dem Gesicht. Seine Finger waren eiskalt und ich erzitterte. „Wenn der heutige Tag nur schon vorüber wäre. Ich muss ins Krankenhaus, mir ein Zeugnis abholen. Ich fürchte, ich werde dort auf Spencer treffen. Davor fürchte ich mich. Morgen wäre der Tag unserer Hochzeit gewesen, wenn sie sich erinnern, Jacob.

Gestern wurde mir das Hochzeitskleid geliefert. Ich habe es zurückgegeben. Es wäre für jede andere Hochzeit zu elegant. Ich werde, wenn ich wirklich noch einmal heirate, im Kleid meiner Großmutter heiraten. Das passt besser zu mir. Ein einfaches Kleid für ein einfaches Mädchen." Sagte grinsend und verhinderte damit, dass ich erneut weinen musste.

"Vermissen sie Spencer, Mary?" Fragte Jacob jetzt und wartete geduldig auf meine Antwort. Endlich schüttelte ich meinen Kopf. "Ich vermisse den Spencer, den er mir zu Anfang vorgespielt hat. Den verständnisvollen, charmanten Mann. Doch der, den er mir die letzte Zeit, im Prinzip seit unserer Verlobung präsentiert hat, den Mann verabscheue ich. Wenn ich mir vorstelle, dass das meine Zukunft gewesen wäre, muss ich ihnen und Heather dankbar sein." Sagte ich nachdenklich und fühlte, wie ein schwerer Stein von meiner Seele fiel. Merkwürdig, was diese eine Frage von Jacob auslöste. Still lauschte Jacob meinen Worten. Er schwieg eine Weile. "Ich habe Post von meinem Freund erhalten. Es geht Heather gut. Sie *konnte sich, dank ihrer Ausbildung als OP-Schwester, in die Universität Paris einschreiben. Sie studiert Medizin. Mein Freund schreibt, das dies in Paris ganz normal ist. Es studieren dort viele Frauen." Erzählte er dann belanglos. Ich schluckte schwer. „Paris, ja? Das liegt in Frankreich. Ich spreche weder die Sprache, noch habe ich genug Geld dafür. Mir bleibt, bis ich heirate und Windeln wechseln muss, nur die Ausbildung als Krankenschwester." Sagte ich bitter.*

„Oder sie heiraten einen Arzt und werden dessen unverzichtbare Unterstützung. Mal darüber nachgedacht, Mary? Ich wäre so ein Fall. Ich könnte eine gute Krankenschwester brauchen, und wenn ich sie heirate, spare ich das Gehalt. Ist das kein gutes Angebot?" Fragte Jacob jetzt lachend und hielt seinen Wagen vor dem Krankenhaus. „Ich brauche etwa eine Stunde. Dann fahre ich wieder Heim, beziehungsweise, in die Berge. Ich kann dich wieder mitnehmen, wenn es passt." Bot er mir dann an. Ich nickte nur nervös. Denn direkt im Eingang des

Krankenhauses stand Spencer. Der Mann schien auf mich zu warten, dachte ich kurzatmig. Ich ahnte, wer den Mann informiert hatte. Mrs. Miller und ihr Telefon.

Spencers Lächeln war umwerfend, als er mich erblickte. Zitternd risss ich mich zusammen. Nur nicht wieder schwach werden, dachte ich. Jacob schien es zu bemerken. Er griff meinen Arm und führte mich kurz nickend, an Spencer vorbei. Verblüfft blieb Spencer stehen und sah uns hinterher. Dann kam Leben in den Mann. Er folgte uns und riss mich energisch von Jacobs Seite. „Ich muss mit dir reden, Mary. Du hast genug Zeit zum Schmollen und dich beruhigen, gehabt. Lass uns wie Erwachsene reden." Sagte er hart. Ich riss mich los und suchte Schutz hinter Jacob. Das bescherte uns eine Menge Aufmerksamkeit. Jeder in der großen Halle unterbrach sein Vorhaben und sah zu uns. „Ich habe einen Termin beim Direktor, Spencer. Danach können wir gerne einen Kaffee trinken. Im Café, nicht allein. Ich fürchte mich vor dir." Sagte ich ernst. „Du fürchtest dich vor mir, deinem Verlobten?" Fragte Spencer überlaut. „Exverlobtem." Warf Jacob grinsend ein. Spencer wechselte seine Gesichtsfarbe. „Halten sie sich da raus, Hallmann. Kümmern sie sich um ihr eigenes Liebesleben!" Schnauzte er den armen Jacob an. „Das tue ich in diesem Moment, Darwin. Ich verhindere, dass Mary wieder schwach wird und auf ihre aalglatten Worte reinfällt. Ich kenne Typen wie sie. Sie verdrehen die Worte, bis sie passen." Sagte Jacob und wandte sich ab. „Komm Mary. Der Direktor wartet." Wieder nahm er meinen Arm. Er machte einige Schritte, dann wurde er von Spencers Faust getroffen.

Jacob sackte kurz zusammen, dann richtete er sich zu seiner vollen Größe auf. „Wenn sie glauben, mich zu einer Prügelei herausfordern zu können, haben sie sich getäuscht, Kerl. Wir sind hier in einem Krankenhaus, nicht im Boxring." Sagte Jacob beherrscht. Darauf schien Spencer nur gewartet zu haben. „Im Boxring kennen sie sich ja aus, oder? Wollen sie mich auch totschlagen, wie ihren Gegner vor fünf Jahren? Auf einen Mord mehr kommt es ja nicht an, oder?" Fragte er wieder überlaut. Ich sah Jacob zusammenzucken. Was hatten Spencers Worte zu bedeuten, fragte ich mich verwundert. „Du solltest dir deine Gesellschaft besser aussuchen, Mary. Einen renommierten, angesehenen Arzt, mich. Oder einen Mörder, der aus Mangel an Beweisen freikam. Denn das ist der gute Doktor Jacob Hallmann.." Schrie Spencer jetzt durch die Halle. „Mich wundert, dass man ihm seinen Titel nicht aberkannt hat. Verdient hätte der Mörder es." Selbstgefällig lachend, sah sich Spencer um.

Jacob ließ meinen Arm los und nahm Abstand von mir. „Ich werde später im Wagen auf dich warten. Wenn du noch mit mir fahren willst." Sagte er heiser. Ich nickte ihm zu und wandte mich an Spencer. „Für das hier, dieses Schauspiel, verachte ich dich, Spencer Darwin. Ich erzähle doch auch nicht allen Leuten von deinem Alkoholproblem." Sagte ich leise. Nicht leise genug. Ich hörte die Menschen in der Halle stöhnen. Spencer sah mich geschockt an. „Das ist eine glatte Lüge!" Schrie er mir hinterher. Doch er konnte nicht verhindern, rot anzulaufen. „Ich bin ein angesehener Arzt!"

Schrie er aufgebracht. Ich ignorierte ihn und griff erneut Jacobs Arm. „Der Direktor wartet, ich muss los." Sagte ich fest. Jacob nickte nur schweigend.

Jacob verließ mich vor dem Büro des Direktors. „In einer Stunde, an deinem Wagen?" Fragte ich und sah, wie Jacob seine Hand hob. Ich nahm es als Zustimmung. Der Direktor wartete bereits auf mich. „Natürlich bekommen sie ein ausgezeichnetes Zeugnis, Mary. Sie waren eine unserer besten Krankenschwestern. Ich bedaure, dass sie weggehen. Und dass ihre Hochzeit geplatzt ist. Sie hätten Spencer ein wenig Halt geben können. Verstehen sie es richtig. Spencer ist ein guter Arzt. Leider hat er seinen Weg verloren. Eine Zeit sah es aus, als hätten sie ihm den Weg widergegeben. Schade, dass er seine Chance nicht genutzt hat. Ich verstehe ihre Entscheidung. Spencer wird uns Ende des Monats verlassen. Vielleicht haben danach Lust, hier wieder zu arbeiten. Ein Platz ist immer frei für sie." Erklärte der gute Mann leise seufzend. Ich wusste, er war Spencers Mentor gewesen und sorgte sich um ihn.

„Ich werde mir ihr Angebot überlegen, Mr. Müller. Eigentlich versuche ich, einen Studienplatz für Medizin zu bekommen. Ich möchte Ärztin werden." Sagte ich spontan und wunderte mich über meine eigenen Worte. Denn darüber hatte ich noch nie nachgedacht. Jedenfalls nicht bewusst. Überrascht riss der Direktor seine Augen auf. „Was für eine gute Idee. Wenn sie das schaffen, Mary, ist ihnen eine Anstellung hier sicher. Sie haben den Mut und das nötige Wissen dafür. Ich glaube, dass sie die richtige sind, um unser veraltetes System aufzubrechen." Sagte der Mann dann lachend.

10 Kapitel

Jacob schwieg den Heimweg über. Kaum, dass er meinen Geschichten ein Knurren erwiderte. Ich berichtete ihm von meinen Plänen, doch er schwieg. Ganz anders als ich erwartet hatte. Sonst hatte der Mann doch immer etwas dazu zu sagen, überlegte ich still. „Endlich weiß ich, was ich dem Geld vom Grundstücksverkauf anfangen kann. Das sind die Studiengebühren. Ich freue *mich schon, wenn du es kaufst und dort wieder ein Haus steht." Sagte ich und ignorierte Jacobs Schweigen.*

Er hielt den Wagen vor meinem Elternhaus und drehte sich zu mir herum. „Ich werde das Grundstück nicht kaufen, Mary. Ich, ich gehe von hier fort. So, wie die Menschen in den Bergen wieder gesund sind, werde ich gehen. Es war ein Fehler, zu glauben, dass man vor seiner Vergangenheit fliehen kann. Sie holt dich immer wieder ein." Sagte er bitter. Ich sah Tränen in seinen Augenwinkeln leuchten. „Ich verstehe nicht, Jacob. Ich dachte, du seist glücklich hier. Du hast Freunde gefunden und ein nettes Mädchen, dass du liebst." Sagte ich und erzitterte bei den letzten Worten. Es würde mir schwer fallen, ihn zuzusehen, wenn er eine andere Frau heiratete, dachte ich plötzlich. Mein Herz schlug rasend schnell als Jacob mich jetzt an sich zog und leidenschaftlich küsste. So war ich noch nie geküsst worden, dachte ich, während ich den Kuss erwiderte.

„Spencer hat nicht gelogen, Mary. Ich habe wirklich einen Mann totgeschlagen. Auch, wenn es ein Unfall war, so wird es mich den Rest meines Lebens verfolgen. Das ist der Grund, warum ich mich in keinem Krankenhaus bewerben kann. Man wird mich nie einstellen. Und bald wird es hier auch jeder wissen und meine Praxis meiden. Dafür wird Spencer schon sorgen." Sagte Jacob jetzt bitter. „Besser, du hältst dich auch fern von mir. Dein guter Ruf hat durch die geplatzte Hochzeit schon genug gelitten." Er öffnete die Wagentür, damit ich ausstieg. Ich zögerte. Auch, wenn der Mann mich seit unserem Kennenlernen nervte und regelmäßig ärgerte, wollte ich ihn jetzt, in diesem Zustand nicht allein lassen. Ich hatte plötzlich Angst um Jacob. Er sah aus, als sei er in der Lage, sich etwas anzutun, ging mir durch den Kopf. „Du wartest hier, Jacob Hallmann. Ich werde uns Kaffee kochen und ein paar Brote machen. Dann fahren wir an den See, Wir müssen reden. Du wartest!" Befahl ich dem großen Mann streng. Ich wartete, bis Jacob nickte. Untypisch für ihn, kamen keine Widerworte. Er starrte mit leerem Blick vor sich hin. Ich vermisste sein ständiges Grinsen, das machte mir Sorgen. „Du wartest. Oder ich alarmiere die Männer und lasse dich suchen." Sagte ich besorgt. Wieder nickte Jacob nur. Ich eilte ins Haus und traf dort meine Mutter, die bereits eine Kanne Kaffee und belegte Brote fertig hatte. „Ich ahnte, was du vor hast, Liebes. Du willst mit Jacob reden, oder? Wir machen uns alle große Sorgen um den Mann. Mrs. Miller hat einen Anruf aus der Stadt erhalten. Von einem guten „Bekannten". Der hat ihr von Jacob skandalösen Vergangenheit berichtet. Es hat bereits die Runde gemacht. Die Frau hatte es eilig, diese Geschichte unter die Bevölkerung zu bringen. Ohne zu wissen, ob es der Wahrheit entspricht. Was für ein widerliches Weib." Erklärte Mutter ernst. Das sie solche Ausdrücke benutzte, zeigte mir, wie groß ihre Sorge war. „Das war Spencers Werk. Erkläre ich euch später. Ich fahre jetzt mit Jacob an den See. So, wie Vater es immer macht, wenn wir redebedarf haben. Ich griff die Schlüssel für die alte Jagdhütte. Mutter nickte nur. „Das ist gut. Der Mann sollte jetzt nicht allein sein." Sagte sie.

Draußen heulte ein Motor auf. Schnell lief ich zum Wagen. Bevor Jacob doch noch verschwand.

„Los, erzählen. Und nichts beschönigen. Ich bin nicht aus Zucker." Bestimmte ich streng. Jacob schleppte Holz in die Hütte, um ein Feuer im Kamin zu entzünden. Damit hatte er sich einen Augenblick Zeit erkauft. Jacob starrte in die Flammen des Kamins. „Was soll es noch bringen. Es ist wie bei meiner vorherigen Stellung. Irgendjemand findet es doch heraus und vernichtet mich damit. Es wird immer jemanden geben." Sagte er dann gebrochen. Ich schluckte schwer. es tat mir weh, den Mann so zu erleben. Ich litt mit ihm. „Kaum ist Gras über eine Sache gewachsen, kommt ein Kamel und frisst es wieder ab. Das sagt Vater immer. Weglaufen hilft da nicht, Jacob. Du musst dich deiner Vergangenheit stellen. Wenn du einen Fehler gemacht hast, steh dazu und bereinige es." Sagte ich fest. Auch, wenn mir die Tränen in den Augen standen.

Jacob nahm den Kaffeebecher und schloss seine Augen. „Ich musste mir die Studiengebühren erarbeiten, anders als meine Kollegen, die ihre Ausbildung von ihren Eltern spendiert bekamen. Ich fand irgendwann eine Anstellung in einem vornehmen Boxclub. Als der, den man verprügeln durfte, wenn du weißt, was ich meine. Die reichen, vornehmen Männer kamen dorthin, um sich zu amüsieren. Ich war dann ihr Sparringspartner. Ich musste mich verprügeln lassen, damit diese Kerle gut dastanden. Angeben konnten, einen Hünen wie mich, besiegt zu haben. Ich steckte alles weg, für meine Studiengebühren. Doch eines Tages kam eine Gruppe Betrunkener in die Boxhalle. Sie provozierten alle und grölten herum. ihr Anführer, ein zwanzigjähriger Dandy, forderte mich heraus. Ich weigerte mich mit dem stark angetrunkenen Mann zu boxen. Mein Boss jedoch zwang mich dazu. Er sagte, dass ich meinen Job verlieren würde, wenn ich nicht in den Ring steige." Jetzt lief eine Träne über Jacobs Wange. Liebevoll wischte ich sie fort. Endlich lächelte der Mann schmal. „Der Betrunkene machte sich lustig über mich und verspottete mich gnadenlos. Er forderte es heraus. Ich schlug nicht heftig zu, Mary. Ich wollte ihn nur zum Schweigen bringen. Ich stupste nur etwas. Gott ist mein Zeuge. Mehr war auch nicht nötig. Der junge Mann verlor augenblicklich das Gleichgewicht und fiel auf seinen Kopf. Er fiel so unglücklich, dass sein Genick brach. Er war sofort tot. Wie es sich herausstellte, war er der Sohn des Vize-Bürgermeisters. Ich wurde verhaftet und landete im Gefängnis. Man ließ mich zwei Monate schmorren. Bis man endlich feststellte, dass ich unschuldig war. Man stellte fest, dass der Alkohol schuld war am Sturz war und dass mein Boss diesen Kampf nicht zulassen durfte. Doch ich war im Gefängnis. Mein Ruf war ruiniert. Das verfolgt mich seitdem immer wieder. Ich, der Hüne, der Mann, der einen anderen erschlagen hat." Erzählte Jacob jetzt bitter grunzend. „Du solltest Angst haben, vor einen Mann wie mir. Du bist hier nicht sicher in meiner Gegenwart. Ich bin verflucht, mein Leben allein zu verbringen." Setzte er wütend hinzu. Der Kaffee schwappte aus seinem Becher, so aufgewühlt war er.

„Das ist nicht wahr, Jacob. Du hast in der kurzen Zeit eine Menge Menschen helfen können. Und du *hast viele Freunde gefunden. Die ganze Familie Salomon hat dich in ihrem Kreis aufgenommen. Auch, wenn ich versucht habe, es zu verhindern." Scherzte ich. Wieder lächelte Jacob schmal. Das war wenigstens ein Anfang, dachte ich still. „Geh nicht weg. Du hast hier schon Wurzeln geschlagen. Was soll aus dem Mädchen werden, das du dir ausgesucht hast? Soll sie eine alte Jungfer werden? Stell dich deinen Problemen. Du bist lange genug weggelaufen. Ich werde an deiner Seite kämpfen. Mit meiner Familie, versprochen." Sagte ich eindringlich.*

„Mary? Komm her." Sagte Jacob und zog mich in seine Arme. „So etwas Schönes hat noch nie zu mir gesagt." Jacob küsste mich sanft. doch schnell wurde der Kuss leidenschaftlich. Meine Hände fuhren über seinem Körper und schlüpften unter sein Hemd. Ich wollte seine warme Haut spüren. Auch Jacob streichelte mich und strich begehrend über meine Brüste. Heftig erregt fielen wir auf das schmale Bett. Keiner von uns wollte es beenden. Es fühlte sich so gut und richtig an, dachte ich flüchtig. Hier war ich geborgen.

Lautes Hupen unterbrach uns. Gerade noch rechtzeitig, bevor mehr passieren konnte. Erschreckt richteten wir uns auf und sahen uns schuldbewusst an. Wieder wurde laut gehupt. „Es ist dein Bruder Luis. Was sucht er denn hier draußen." Fragte Jacob kurzatmig und stopfte sein Hemd wieder in die Hose. „Zieh dich wieder an, Mary. Ich frage Luis." Sagte Jacob und verschwand nach draußen. Ich blieb nach Atem ringend zurück. Hastig zerrte ich meinen Rock über die Hüfte. Ich richtete meine Bluse und verfluchte meine rote Gesichtsfarbe.

Luis kam in die Hütte, kaum dass ich Jacob abfahren hörte. „Bei Nancy haben die Wehen eingesetzt. Und es gibt wieder Komplikationen. Doris ließ nach Jacob suchen. Mama hat mich hierher geschickt. Was für ein Glück, dass es nicht Vater war, der hier durch das Fenster gesehen hat." Erklärte mein Bruder breit grinsend. Er wich geschickt meiner Hand aus. Luis kannte seine große Schwester. „Wie lange geht es schon mit dir und Jacob? Ist er der Trennungsgrund von Spencer?" Fragte Luis neugierig. Ich merkte *meine Eltern hatten über das Thema geschwiegen. „Es gibt kein Jacob und mich, Bruderherz. So sehr du dir es wünscht. Das eben war ein Versehen. Wie du weißt, liebt Jacob eine andere. Und ich wünsche dem Mann viel Glück dabei." Sagte ich grantig. Denn das letzte war eine glatte Lüge. Zum Glück war es dunkel in Luis Wagen. So sah mein Bruder nicht, wie ich meine Gesichtsfarbe wechselte.*

Luis beschloss, das Thema ruhen zu lassen. Ich konnte mich auf seine Verschwiegenheit verlassen, dass wusste ich. Er würde über den heutigen Abend kein Wort verlieren. „Wir sollen an der Praxis halten und Jacobs Operationsbesteck holen. Dann soll ich dich zu Nancy bringen. Jacob muss wahrscheinlich operieren und braucht deine Hilfe." Gab Luis jetzt Jacobs Anweisungen weiter. „Jacob muss wahrscheinlich einen Kaiserschnitt machen. Ich habe davon gelesen. Gesehen habe ich die Methode noch nicht." Sagte ich nachdenklich. Ich war gespannt, Jacob dabei zu beobachten. „Alles böhmische Dörfer für mich. Ich habe mit Medizin nichts am Hut." Sagte jetzt Luis schief grinsend. Er wartete, bis ich Jacobs Tasche fand und fuhr mich zum Haus von Nancy.

Jacob sah mir erleichtert entgegen, es ging Nancy sehr schlecht. „Das Baby wird immer schwächer, Mary. Wir müssen es holen, sonst schafft es das nicht. Es ist zu schwach für den normalen Weg. Bist du bereit, mir zu helfen? Ich brauche deine volle Unterstützung." Fragte Jacob mich sehr ernst. Dann sah der Mann meinen Bruder an. „Luis, du musst dich um das Baby kümmern, wenn ich es geholt habe. Es kann sein, dass es Hilfe braucht beim Atmen." Erklärte er dann langsam. Ich sah, dass Luis sein Gesicht verzog. „Damit habe ich nach vier Geschwistern reichlich Erfahrung. Hauptsache, ich muss nicht zusehen, wie ihr Nancy aufschneidet." Sagte Luis grinsend. Er verschwand und ließ uns allein.

Es wäre eine Lüge, zu behaupten, dass mir nicht schlecht wurde, als Jacob das Skalpell ansetzte und ich das erste Blut sah. Doch dann beherrschte ich mich und schluckte alles herunter. Ich wollte Ärztin werden. Dann musste ich mich an den

Anblick von Blut gewöhnen. Zum Glück lag Nancy in Narkose, dachte ich und nahm das Baby. Es war ein wunderschöner, etwas kleiner Junge. Ich rief Luis und übergab ihm das Kind. Dann half ich Jacob, Nancy zu versorgen. Doris erschien und versprach, sich um Nancy und ihren Jungen zu kümmern. Nancy musste die ganze nächste Woche das Bett hüten.

Jacob führte mich vors Haus, umarmte mich und küsste mich lange. Ich befürchtete, erneut von Luis überrascht zu werden. „Ich fahre wieder in die Berge, man wartet dort auf mich. Danach werde ich weitersehen." Sagte Jacob heiser. Ich kuschelte mich an ihn und genoss seine Wärme. Ich wollte nicht, das er ging. Wer sagte mir, dass er wiederkehrte? „Soll ich dich begleiten?" Fragte ich leise. Er schüttelte nur seinen Kopf und küsste mich kurz, dann ging er zu seinem Wagen.

11 Kapitel

Heute war Heiligabend.

Das kam mir, seit wir Nancys Baby geholt hatten, so merkwürdig vor. Irgendwie hatte dieses Erlebnis mich verändert. Ich war erwachsen geworden, dachte ich still. Und mein Wunsch, Ärztin zu werden war stark wie nie geworden. Ich wollte Menschen nicht nur pflegen, sondern auch heilen, dachte ich zuversichtlich.

Ich vermisste Jacob, ging mir jetzt durch den Kopf. Es wäre schön, ihn heute an meiner Seite zu haben. Ich hatte Jacob die letzte Woche nicht gesehen. Der Mann war direkt nach dem Abend, wieder in die Berge gefahren. Er hatte mich nicht gefragt, ob ich ihn begleiten wollte und ich hatte es nicht erneut angeboten. Ich brauchte Abstand von dem Mann. Dass, was in der Jagdhütte passiert war, war so was von falsch gewesen, überlegte ich wieder. Ich lauschte der Predigt unseres Pfarrers. Die kleine Kirche war bis auf den letzten Stuhl besetzt. Nun, es war immerhin Heiligabend, dachte ich wieder. Auch, wenn einige unserer Mitbürger sich schämen sollten, heute dem Herrn zu huldigen. So hart, wie sie mit Jacob ins Gericht gegangen waren. Allen voran

Mrs. Miller, die Jacob die Behandlung neulich in unserem Haus übel genommen hatte. Auch ich bekam mein Fett weg. Nichts ließ die Frau aus. Über dem armen Spencer sagte die Frau nur gutes, dachte ich bitter. Der Mann war bereits zweimal bei Mrs. Miller gesehen worden. Das hatte Mrs. Millers siebzehnjährige Tochter triumphierend berichtet. Sie lauerte meine Schwester Karen regelrecht auf, um sie mit den neusten Ereignissen zu versorgen. Mich schnitt sie und wechselte die Straßenseite, sah sie mich.

Jetzt erhob sich Mrs. Miller und sorgte für Ruhe. Sie wollte eine Ankündigung machen. Das merkte ich und ahnte plötzlich, was kommen würde. Ich drückte mein Kreuz durch. „Ich möchte bekanntgeben, dass sich meine Tochter Rita verlobt hat. Mit Doktor Spencer Darwin! Meine Tochter wird eine Frau Doktor! Die Hochzeit findet in vierzehn Tagen statt!" Rief sie triumphierend durch die gut gefüllte Kirche. Ein lautes Raunen war die Folge. Jeder hier kannte Spencer natürlich Jeder kannte unsere Vorgeschichte. Mrs. Miller hatte eine Bombe platzen lassen. Ich zuckte kurz zusammen. Spencer hatte seine Rache gut geplant, dachte ich erschüttert. Er hatte für diesen Auftritt hier heute, gesorgt. Damit mich die Meldung eiskalt treffen würde. Und der Mann war berechnend. Mit der siebzehnjährigen Rita hatte er genau die naive Frau an seiner Seite, die er sich formen konnte. Dumm und noch sehr kindlich, würde sie seinen Wünschen ohne Klage entgegen kommen.

Jetzt erhob sich mein Vater und ging zum Pastor nach vorne. Er ignorierte Mrs. Miller und sorgte wieder für Ruhe. „In der letzten Zeit wurden viele, böse Gerüchte laut. Jeder hier hörte sie. Keiner kann sich davon frei sprechen. Doch wenn auch an jedem Gerücht ein Körnchen Wahrheit sein soll. So finde ich es widerlich. Jeder von uns hat Leichen im Keller. Keiner von uns hat eine reine Weste. Nicht umsonst steht in der Bibel „Wer von uns ohne Schuld ist, werfe den ersten Stein". Doktor Hallmann hat ein Leben vor uns hinter sich. Doch er hat genug dafür gebüßt. Und er ist das Beste, was unserer Gemeinschaft passieren konnte! Nehmen wir Nancy und ihren kleinen

Jungen. Die beiden wären heute nicht unter uns, ohne den Mann! Jacob Hallmann ist ein ausgebildeter Chirurg, der hier für Lebensmittel, Hühner und Eier arbeitet. Auch jetzt, in diesem Moment, kämpft der Mann gegen eine Grippewelle an. Um zu verhindern, dass sie uns erreicht. Denkt darüber nach, Freunde, wenn ihr heute eure Weihnachtsbräuche zelebriert. Jacob ist ein Freund meiner Familie geworden und ich bin stolz darauf. In diesem Sinne. Allem ein schönes Fest." Sagte Vater ernst. Damit war der Gottesdienst beendet.

Rita kam zu mir . kalt lächelnd hielt sie mir ihren Verlobungsring unter die Nase. „Schau dir diesen Ring an, Mary." Sagte sie gehässig. Ich schluckte nur. „Warum sollte Mary sich den Ring ansehen. Sie kennt ihn doch, bis vor kurzen war er doch an ihrem Finger. Der Geizhals Spencer hat dir Marys Ring an den Finger gesteckt. Ich würde mich dafür schämen. Einen gebrauchten Verlobungsring anzunehmen." Kam mir Karen unverhofft zu Hilfe. Ich sah, wie Rita die Gesichtsfarbe wechselte. „Gut gesagt, meine Liebe." Murmelte der Pastor und hakte mich demonstrativ unter. Der junge Mann lächelte Karen verschwörerisch an. Verlegen lächelte meine Schwester zurück. Bahnte sich da etwa etwas an? Und wusste mein Vater davon. Er war merkwürdigerweise heute mit zur Kirche gekommen. Einen Ort, den er sonst mied. Vater sprach mit dem Herrn lieber in der freien Natur.

„Mary Salomon? Sie suche ich. Jacob schickt mich. Ich bin Mrs. Hallmann, Jacobs Mutter. Mein Sohn braucht dringend ihre Hilfe." Sprach mich jetzt eine sympathisch aussehende Frau an. „Ja, die bin ich." Sagte ich leise. Erschrocken setzte ich mich auf eine der Bänke und wartete, bis sich die kleine Kirche leerte. Endlich waren wir allein. Die Frau sah müde aus, dachte ich still. „Ich wusste nicht, dass sie hier sind, Mrs. Hallmann. Jacob hat nichts gesagt." Begann ich dann das Gespräch. Die Frau nickte. „Ich bin den ganze Tag durchgefahren. Jacob weiß nicht, dass ich hier bin. Doch ich mache mir Sorgen. Ich kenne meinen Sohn gut, Mary, wenn ich sie so nennen darf. Und er rief mich vorgestern an. Irgendwo aus den

Bergen, sagte er. Jacob klang erschöpft, Mary. Übermüdet und krank, wenn ich es richtig einordne. Er hat seit Tagen nicht mehr geschlafen und sich garantiert angesteckt. Ich wusste nicht weiter und da fielen sie mir ein. Jacob hat mir so sehr von ihnen vorgeschwärmt, das ich wage, sie aufzusuchen. Sie sind die Einzige, die meinen Jungen zur Besinnung bringen kann. Er braucht dort oben Hilfe. Er kann das nicht alleine schaffen." Sagte Mrs. Hallmann fast flehend. „Warum meldet er sich dann nicht bei mir? Ich habe ihm meine Hilfe doch angeboten." Fragte ich verwundert. Jacob kämpfte dort oben? Hatte er nicht gesagt, das Schlimmste sei überstanden? Das er nur noch zur Kontrolle hoch müsste? „Jacob liebt sie, Mary. Vom ersten Augenblick an, da sie ihn verwechselt haben und für ihren Verlobten hielten. Sie haben ihn geküsst und es war um Jacob geschehen." Sagte Mrs. Hallmann jetzt lächelnd und sah, wie ich rot wurde. „Verstehen sie ihn nicht verkehrt. Jacob hatte nie vor, ihre Verlobung zu sabotieren. Er wollte sie nur vor einem Fehler bewahren. Jacob hat Spencer Darwin damals auf dem College kennengelernt.

Natürlich war der Mann in einer anderen Clique. In der, die alles bekamen, was sie wollten. Die sich alles kaufen konnten. Auch gute Noten. Jacob kannte Spencers wahren Charakter und wusste, dass der Mann sich nicht lange verstellen konnte. Mein großer, dummer Junge liebt sie und wollte sie schützen, Mary. Leider sind seine Methoden oft fragwürdig. Jacob ist geradeaus. Das behindert ihn oft. Doch er will ihnen nur helfen. Er liebt sie. Bitte, helfen sie ihm jetzt." Sagte die Frau und ich sah Tränen in ihren Augen. „Warum hat er mir das nicht gesagt. Ich meine beides. Dass er mich liebt und dass er Hilfe braucht. Ich habe ihn mehrmals gefragt, wie es dort oben aussieht." Fragte ich leicht verwirrt. Jacob liebte mich? Endlich ergaben alle seine kleinen Bemerkungen einen Sinn, überlegte ich lächelnd. Alle seine Andeutungen waren auf mich gemünzt. Ich war nur zu blind gewesen, es zu begreifen. „Weil er sich nicht lächerlich machen wollte, Mary. Du warst immerhin in Spencer verliebt und wolltest den Mann heiraten. Was sollte Jacob anderes tun, als hilflos zusehen." Sagte jetzt Mrs. Hallmann frustriert. Die Frau duzte mich, dachte ich lächelnd. Ich mochte sie. „Jacob und hilflos zusehen. Wie gut kennen sie ihren Sohn, Mrs. Hallmann? Lassen sie uns meinen Vater suchen. Wir brauchen mehr Hilfe als nur mich." Sage ich plötzlich gutgelaunt. Keine Ahnung, woher diese gute Laune kam.

„Jacob liebt mich, Vater." Sagte ich gedankenverloren. Ich fuhr mit meinem Vater im ersten Wagen. Vollgeladen mit Decken und Lebensmitteln. Uns folgten zwei weitere Wagen, ebenfalls beladen. Wir wussten nicht, was uns erwarten würde und hatten uns auf alles vorbereitet. Hinter uns fuhr Luis mit Jacobs Mutter. Die Frau hatte darauf bestanden, mitzukommen. Auch, wenn Mutter sie eingeladen hatte, den Heiligabend bei uns zuhause zu verbringen. Im dritten Wagen fuhren Karen und der Pastor. Das ließ mich lächeln.

„Das weiß ich, Mary. Das weiß die ganze Gemeinde. Nur du hast es nie geahnt. Du warst wie vernagelt wegen Spencer. Je mehr Mühe Jacob sich gab, desto mehr hat er dich in Spencers

Arme getrieben. Fast wärst du nach Detroit verschwunden, Liebes," Vater schluckte schwer. „Der Mann liebt dich aufrichtig, Mary. Das hat er mir gestanden. Nicht umsonst habe ich ihm dein Grundstück angeboten. Es wäre ideal für deine Familie. Also, was hast du jetzt vor? Jacob will die Gemeinde verlassen, wie du weißt. Er hat aufgegeben, darauf zu warten das du seine Liebe bemerkst. Er denkt, du trauerst immer noch Spencer nach. Das saudumme Gerede wegen seiner Vergangenheit gibt dem aufrichtigen Mann den Rest. Wir verlieren einen sehr guten, fähigen Arzt." Erklärte Vater seufzend. Ich schwieg verblüfft. Alle hatten Bescheid gewusst? Jeder wusste über Jacobs Gefühle Bescheid? Nur ich war blind gewesen? Jetzt erinnerte ich mich an Luis Reaktion, wie er uns in der Jagdhütte überrascht hatte. Wieder wurde ich rot, als ich daran zurückdachte. Jacob liebte mich, dass hatte er mir in der Jagdhütte beweisen wollen, überlegte ich. Vielleicht, hätte Luis uns nicht unterbrochen, hätte er es mir gesagt. Und was würde ich antworten? Ich biss auf meiner Unterlippe herum. ein Zeichen, das ich intensiv *nachdachte. Das hatte ich schon als kleines Kind getan, erinnerte ich mich und lächelte. „Ich liebe Jacob auch, Vater. Es ist merkwürdig. Und ganz anders als bei Spencer. Jacob sagte einmal, ich hätte mich in den Gedanken an Spencer verliebt, es hätte mir geschmeichelt, dass der Mann mich umwirbt. Ergibt es einen Sinn für dich?" Fragte ich leise kichernd. Vater stimmte ein. „Hauptsache, es ergibt für dich einen Sinn, Kind. Mir tut, trotz ihrer Dummheit, Rita leid. Irgendwann, wenn es zu spät ist, wird das Mädchen aufwachen. Jetzt lass uns meinen zukünftigen Schwiegersohn suchen. Nicht, dass der Mann noch ausreißt." Sagte Vater endlich wieder lächelnd und hielt in der kleinen Berggemeinde.*

12 Kapitel

Es war gespenstisch ruhig hier. Das fiel nicht nur mir auf. Mike Gruber, der junge Pastor, fuhr sich fröstelnd über seine Oberarme. „Sollten hier nicht Menschen leben? So spät ist es doch noch nicht, dass sie alle schlafen." Sagte er und griff Karens Hand. Meine kleine Schwester zitterte am ganzen

Körper. Und das nicht wegen der Kälte. „Ich gehe nachsehen. Irgendwo müssen sie ja sein. Ihr bleibt alle zusammen. Keiner verlässt die Gruppe." Bestimmte mein Vater. Mein Vater ging zur Kirche, dort öffnete er die große Tür und schreckte zurück. „Ich habe sie gefunden. Es sind viele Menschen hier!" Rief Vater. Er winkte und ich sah kurz Jacobs Kopf vor der Tür. „Zurück bleiben!" Befahl er laut. Vater trat sofort zwei Schritte weg. Jacob lebte und war agil. Sofort schlug mein Herz schneller. Jetzt wusste ich endlich, warum es so war. Ich lächelte, wahrscheinlich sah es dumm aus, überlegte ich. Doch das störte mich nicht. Ich war glücklich, den Mann zu sehen.

Wir fuhren die Wagen vor die Kirche und luden die Sachen ab. Vater erschien wieder. „Jacob hat alle Kranken in der Kirche. Es sind eine ganze Menge. Jacob sagt, wir dürfen nur mit Masken rein. Die Ansteckungsgefahr ist zu hoch. Bindet euch etwas vor dem Mund und der Nase." Befahl Vater streng. Luis verteilte sofort Tücher. Ich zog Vater etwas beiseite. „Wie geht es Jacob? Ist er gesund? Er sah müde aus." Sagte ich besorgt. Vater schmunzelte leicht. „Jacob ist seit Tagen auf den Beinen, Liebes. Kein Wunder, dass er müde ist." Erwiderte Vater. Er nahm ein Tuch und verschwand in der kleinen Kirche. Ich blieb verlegen vor der Tür stehen. Mein Herz klopfte jetzt heftig. Was sollte ich Jacob sagen? Wie sollte ich ihm meine Liebe gestehen? Bei Spencer war ganz einfach gewesen. Der Mann hatte mich gefragt, ob ich ihn lieben würde. Da brauchte ich einfach nur nicken. Damit die Sache erledigt und fertig. Ich war verlobt mit dem Mann. Doch so einfach würde Jacob es mir nicht machen, das spürte ich. „Kommst du? Wir werden deine Hilfe brauchen. Du bist, außer Jacob, die einzige Fachkraft." Weckte mich meine Schwester aus meinen Gedanken. Ich nickte schwer und band mir ein Tuch vors Gesicht. Dann folgte ich meiner Familie.

....

Jacob sah uns erleichtert, aber auch besorgt, entgegen. Sein übermüdeter Blick blieb bei mir heften. Er kam und drückte kurz meine Hand.

Dann sah er seine Mutter an. Liebevll und dankbar. „Danke, dass ihr gekommen seid. Die Lage ist kritisch. Hoffentlich steckt ihr euch nicht an. Die Krankheit wird durch Tröpfchen übertragen. Durch Husten, Niesen, oder spucken. Hütet euch also vor den Auswürfen der Menschen. Wascht euch nach jeden Kontakt gründlich die Hände, am besten bis zum Ellenbogen in heißen Wasser! Das ist wichtig. Dafür wirst du sorgen Mutter. Du wirst das Wasser heiß halten. Mary wird euch zeigen, wie ihr die Patienten versorgen müsst." Sagte Jacob streng. Wir alle nickten. „Pastor? Gut, dass sie hier sind. Sie werden gebraucht. Luis? Es werden einige Gräber benötigt. Kannst du das übernehmen? Wir müssen die Leichen schnellst möglich begraben." Sagte er weiter. Das ließ uns alle schweigen. Daran hatte niemand gedacht. Mein Bruder nickte und griff sich einen Spaten. Schweigend ging er davon.

„Mary wird uns leiten, mein Junge. Du gehst jetzt erst mal schlafen. Du bist der wichtigste Mensch hier. Wir brauchen dich bei Kräften." Bestimmte

Vater jetzt und ging durch die Halle. Stumm zählte er die kranken Menschen. Jacobs Mutter verteilte bereits warme Decken und Karen schleppte Wasser in die kleine Kirche. „Gott sei Dank. Ich kann nicht mehr. Ihr kamt gerade richtig." Sagte Jacob heiser. Ich zog seinen Kopf zu mir runter und küsste ihn sanft. Es störte mich nicht, dass uns jeder dabei zusah. „Geh schlafen, Großer. Du siehst zum Fürchten aus. Ich werde hier übernehmen." Befahl ich lächelnd. „Zu Befehl, Doktor Mary Hallmann." Sagte Jacob grinsend. Er ging einige Schritte zu einen der Häuser. „Falls du es nicht merkst. Ich liebe dich. Und das war eben ein Heiratsantrag, Mary!" Schrie er über den Platz. „Du gehörst mir. Seit dem Abend, an dem du mich versehentlich geküsst hast." Schrie er laut in die beginnende Nacht.

„Geh schlafen, du Kasper. Wir unterhalten uns, wenn du ausgeschlafen hast." Rief ich lachend. Vater rief nach mir, ich wurde gebraucht.

Wir kämpften die ganze Nacht. Karen weinte herzzerreißend als eine junge Frau in ihren

Armen starb. Der junge Pastor tröstete sie liebevoll. Mrs. Hallmann hatte eine starke Hühnersuppe gekocht. Das tat jetzt gut. Ich ging mit einer großen Schüssel davon zum kleinen Haus. Es dämmerte und ich musste Jacob wecken. Wir brauchten den Mann. Bei einer seiner erkrankten Patientinnen hatten die Wehen eingesetzt. Und da die Frau stark erkältet war, traute ich mir das nicht allein zu. Was, wenn die Frau während der Geburt einen Anfall bekam? Sie keuchte jetzt schon schwer. Was wenn sie während der Geburt erstickte. Dann musste das Kind geholt werden. Das war dann Jacobs Aufgabe, überlegte ich erneut.

Ich stellte die heiße Schüssel auf einen Tisch und trat ans Bett. Dort lag Jacob und schnarchte leise. Das Bett war zu klein für den großen Mann, seine Beine hingen über die Umrandung. Das ließ mich kichern. „Wenn du dich sattgesehen hast, wäre ich der Hühnersuppe meiner Mutter nicht abgeneigt, Mary. Die würde ich überall riechen. Nichts gegen deine Kochkunst. Doch das Rezept musst du dir geben lassen, bevor wir heiraten."

Scherzte Jacob müde. Ich wurde wider Willen rot. "Wie kommst du darauf, dass ich dich heirate?" Fragte ich verlegen. Ich wandte mich ab, als er sich erhob und nach seiner Hose griff. Ich fühlte Jacobs Hand nach mir greifen. Er drehte mich zu sich herum. "Ich wusste vom ersten Augenblick an, dass wir heiraten werden, Mary. Ich hätte dich nie Spencer überlassen. Du gehörst an meine Seite, zukünftige Mrs. Hallmann." Sagte Jacob und küsste mich schnell. Dann griff er die Schüssel. Hastig löffelte er die Suppe. "Du bist ja ziemlich eingebildet, Jacob." Sagte ich schwach. Er grinste frech. "Nein ich bin mir nur sicher, dass du endlich erkannt hast, dass du mich auch liebst. Du bist nur zu Feige, es mir einzugestehen. Doch ich kann warten. Heute ist übrigens Weihnachten, Zeit für Geschenke." Sagte Jacob grinsend. Wie ich Grinsen liebte, dachte ich schwach. Dann fiel mir wieder der Grund ein, warum ich den Mann wecken musste. Jacob wurde sofort ernst und griff seine Jacke.

Es dauerte vier Stunden, dann war der kleine Junge auf der Welt. Jacob musste die junge Frau zweimal wiederbeleben. Zweimal blieb ihr die Luft weg und sie wäre fast erstickt. Jacob musste alles geben. Erschöpft sank er auf seinen Stuhl zusammen. Seine Mutter kümmerte sich um das Baby, ich versorgte die junge Mutter. Sie blutete etwas stark, doch Jacob meinte, es sei noch normal, man müsste es nur beobachten. Ich lächelte als ich mir vorstellte, irgendwann auch mal dort zu liegen, mit einem Kind im Arm. Jacobs Kind, dachte ich errötend.

Plötzlich zuckte ich zusammen. Jacob war vom Stuhl gesunken und auf dem Boden zusammen gebrochen. Zitternd lag er auf den kalten Fliesen. „Vater, Luis!" Rief ich erschrocken und rannte zu Jacob. Ich wuchtete den großen Mann hoch. Keine Ahnung, woher ich die Kraft nahm. Doch ich schaffte Jacob in ein Bett zu bringen. Dann waren Vater und Luis da, die mir halfen. „Jacob hat hohes Fieber. Er muss sich angesteckt haben. Und das nicht erst gestern. Er kämpft schon länger damit." Sagte ich voller Angst. Ich legte meine

Hand auf die schweißnasse Stirn. Jetzt öffnete Jacob seine Augen ein winziges Stück. Er versuchte ein Grinsen, das ihm jedoch misslang. „Ich liebe dich, Mary Salomon." Sagte er heiser. Dann sank er in tiefe Ohnmacht.

Drei verdammte Tage kämpfte ich um Jacobs Leben. Immer wieder stieg das Fieber. Wir packten den großen Mann in Schnee, den wir in eine alte Badewanne schaufelten. Das senkte das Fieber endlich. Elisabeth, Jacobs Mutter, kochte ihre Hühnersuppe und ich flößte dem geschwächten Jacob löffelweise Suppe in den Mund. Viel ging daneben, doch ich war dankbar für das wenige, das er trank. Immer noch war Jacob nicht aus der Ohnmacht erwacht. Das bereitete mir große Sorgen. Jetzt kam Vater zu mir. Sein ernster Gesichtsausdruck machte mir Angst. „Wir haben soeben wieder zwei Menschen beerdigt. Es war gut, dass Karen den Pastor überredet hat, mitzukommen. Du solltest dich auch etwas ausruhen, Kind. Du hast seit drei

Tagen nicht mehr geschlafen. Nicht, dass du auch noch krank wirst." Sagte Vater mahnend.

„Ich liebe ihn, Vater. Ich denke, ich liebe ihn seit dem ersten Moment, da ich ihn gesehen habe. Doch da war noch Spencer, den fühlte ich mich verpflichtet. Es war doch alles klar und geplant. Muss da plötzlich ein anderer Mann auftauchen? Es war ein reines Chaos in mir." Gestand ich Vater. Ich wollte mich erheben, plötzlich schoss Jacobs Hand vor und griff nach meiner. Fest umklammerte er mein Handgelenk. Das ließ Vater lächeln. „Ich denke, Tochter, du hast die richtigen Worte gefunden, den Mann aus seinem Tiefschlaf zu erwecken. Rede mit Jacob. Ich wette, er hört dir zu." Sagte Vater und erhob sich. Er ließ mich mit Jacob allein. „Du hast richtig gehört, Jacob. Ich liebe dich. Und wage nicht, einfach abzuhauen. Wir werden heiraten, wie du es ja immer scherzhaft sagtest. Und es gemeinsam durchstehen. Unsere Gemeinde wird es überstehen und schnell vergessen. Wir beide, wir werden die Arztpraxis führen. Und uns ein Haus oben auf dem Hügel bauen." Sagte ich jetzt

mutig. Statt einer Antwort, drückte Jacob fest meine Hand. Er hatte mich verstanden. Ich schob ihn weiter ins Bett und kuschelte mich an ihm. Er roch nach kaltem Schweiß und Fieber. Das störte mich nicht. Dankbar schlief ich erschöpft ein.

Am späten Vormittag erwachte ich. Ich merkte sofort, dass ich allein war. Keine Spur von Jacob. Erschrocken sprang ich aus dem schmalen Bett und griff meinen Mantel. War dem Mann in der Nacht etwas passiert und man hatte ihn weggebracht? Ich erinnerte mich an die Toten, die Mike Gruber und Luis nachts, still aus der großen Halle getragen hatten. Um die übrigen Menschen nicht zu stören. War dasselbe mit Jacob passiert? Ich zitterte voller Angst. Wenn Jacob etwas passiert war, würde ich es nicht überleben, dachte ich schwer schluckend. Es war ganz anders als bei Spencer. Den Mann vermisste ich schon langen nicht mehr. Da war ich eher gekränkt gewesen. Gekränkt, dass er so ein leichtes Spiel mit mir hatte.

Jetzt ging die Tür auf. Ich hielt die Luft an, als Jacobs Kopf um die Ecke sah. Erleichtert liefen mir ungehemmt die Tränen übers Gesicht. „Du siehst mein Gesicht und weinst. Wie muss ich das bewerten?" Fragte Jacob und stellte zwei Kaffeebecher ab. Er öffnete seine Arme und fing mich auf. „Ich liebe dich, Blödmann. Ich hatte furchtbare Angst, es dir nie sagen zu können. Ich wurde wach und du warst fort. Ich dachte, der Pfarrer und Luis hätten dich fortgebracht. Ich zitterte bei den Worten. Jacob drückte mich fest an sich. „Endlich höre ich es. Lange genug musste ich darauf warten. Seit unserer ersten Begegnung liebe dich, Mary Salomon. Und damit meine ich nicht deine misslungene Verlobungsfeier." Sagte Jacob typisch grinsend. Verwundert drehte ich mich in seinen Armen, um sein geliebtes Gesicht zu sehen. Wovon sprach Jacob denn nur? Ich erinnerte mich an keine andere Begegnung. „Ich traf mich mit meinen Freund in der Eingangshalle des Krankenhauses, damals als du dort noch gearbeitet hast. Ich sah dich in deiner Uniform vorbeigehen. Du hast keine Notiz von mir genommen. Doch ich war augenblicklich verliebt.

Ich fragte meinen Freund nach dir und erfuhr von Spencer. Da war mir klar, ich muss das Unheil verhindern. Die Stelle als Landarzt hier habe ich spontan angenommen. Damit ich dir näher kommen konnte." Gestand Jacob jetzt breit lächelnd. „Ich wählte absichtlich den Verlobungsabend, um bei euch aufzuschlagen. Das du mich da geküsst hast, war das Beste, was mir passieren konnte." Jacob küsste mich liebevoll. „Du liebst mich schon so lange? Und ich war zu blind, es zu erkennen? Ich weiß nicht, was ich sagen soll." Stammelte ich verlegen. Ich presste meinen tränennassen Kopf an Jacobs breite Schulter und genoss seine Wärme. „Du könntest sagen, dass du mich heiraten wirst. Du weißt aber schon, dass es eine harte Zeit wird, oder? Die Menschen müssen wieder lernen, mir zu vertrauen. Dank Spencer und Mrs. Miller sehen viele immer noch einen Mörder in mir. Es werden harte Zeiten auf uns zukommen. Vielleicht muss ich im Holzhandel deines Vaters arbeiten, Mary. Bis Gras über die Sache gewachsen ist." Sagte Jacob schwer schluckend. Ich legte meine Arme um seinen Hals und zog ihm zurück ins Bett. Wir würden noch etwas kuscheln und schlafen. Davon gab es in den letzten Tagen zu wenig. „Ich werde dich heiraten, Jacob Hallmann. Aber ich will auch meinen Doktor machen. Das muss sich irgendwie verbinden lassen. Ich werde sehr gerne deine Frau. Auch, wenn ich etwas erreichen will." Sagte ich zwischen zwei heißen Küssen. „Was anderes habe ich von dir auch nicht erwartet, Mary Salomon." Sagte Jacob typisch grinsend.

Epilog

Jacob hatte durchgehalten. Trotz der üblen Nachrede blieb er in unserer Gegend. Seine Praxis lief schlecht. Es kamen kaum Patienten. Jacob schloss seine Praxis. Er musste wirklich bei Vater arbeiten. Doch das störte uns nicht. Wir heiraten am Ostern. Wie es Tradition war, in der kleinen Kapelle auf dem Hügel. Dort stand bereits der Rohbau unseres zukünftigen Hauses. Groß genug, dass Regina, Jacobs Mutter, dort auch Platz fand.

Eine große Limousine stand vor der Praxis als Jacob und ich aus dem Wald zurückkamen. Wir *hatten vor einer Woche geheiratet und die „Flitterwochen" in der Hütte am See verbracht. Eine ganze Woche nur wir zwei, ohne Arbeit oder Patienten. Es war himmlisch.*

Verwundert hielt ich Jacobs Hand als jetzt die Tür des großen Wagens aufging und der Krankenhausdirektor ausstieg. „Guten Tag, ihr beiden. Ihr Vater sagte mir, dass sie heute Heimkehren werden, Jacob, Mary. Ich habe ein großartiges Angebot für sie beide. Können wir das bei einem Kaffee besprechen?" Fragte Mister Müller freundlich. Ich konnte nur stumm nicken.

„Ich habe gehört das sie eine Frau durch einen Kaiserschnitt das Leben und das Baby gerettet haben, Jacob. Und ich habe auch gehört was für fanatische Arbeit sie oben in der Bergsiedlung geleistet haben. Sie beide. Ohne sie beiden hätten viel mehr Menschen ihr Leben verloren. Ich möchte sie beide in meinem Krankenhaus haben. Sie müssen für mich arbeiten. Wir finanzieren auch ihr Studium, Mary. Wenn sie dafür die Ausbildung der Schwesterschülerinnen

übernehmen." Schlug Mister Müller jetzt vor. Ich sah wie sich Jacobs Gesicht verdunkelte. Ich ahnte, was meinem Mann bewegte. „Sir, sie wissen um meinen Ruf? Ich bin gebrandmarkt. Sie würden eine Menge Ärger provozieren." Gab er zu bedenken. Mister Müller nickte ernst. „Das ist mir alles bekannt und stört mich nicht. Und Spencer Darwin musste uns verlassen. Ihm wurde die Doktorwürde aberkannt. Er hat einmal zu viel angetrunken in OP Saal gestanden. Diesmal gab es kein Happy End. Jetzt muss er die Konsequenzen tragen. Ich will sie beiden für mein Krankenhaus haben, Mary, Jacob. Überlegen sie es sich in Ruhe. Wie gesagt, ihre Ausbildung zur Ärztin wäre gesichert, Mary. Ich kann sie mir gut als Kinderärztin vorstellen. Hebamme und Ärztin. Sie wären eine Bereicherung für uns." Sagte Mister Müller. Lächelnd erhob er sich. Der Mann wusste, er hatte gewonnen.

Drei Jahre später

Zufrieden polierte ich mein Namensschild: Dr. Mary Hallmann MD. Ich hatte es geschafft. Trotz vieler Hindernisse und Gemeinheiten, nicht zuletzt von Spencer und Mrs. Miller. Ich war Ärztin geworden. Dank der Hilfe und dem Zuspruch meines geliebten Mannes Jacob und meiner Familie. Karen hatte, nach einigen Problemen, den jungen Pfarrer geheiratet und leitete einen kleinen Kindergarten. Dort konnten Frauen beruhigt ihre Kinder in Karens Obhut geben und arbeiten gehen. Frauen wie ich. Unser Sonnenschein Jason war nicht geplant gewesen. Jacob und ich wollten eigentlich mit Kindern warten. Doch jetzt waren wir glücklich über unseren aufgeweckten Jungen. Karen versorgte Jason, während ich arbeiten musste. Eine Tatsache, die Mrs. Miller wieder zu gehässigen Kommentaren veranlasste. Sie hatte mir damals damit sehr wehgetan. Ich hatte viel geweint. Jacob hatte die Frau aufgesucht und ihr gedroht, die ungeschönte Wahrheit über Spencer und Ritas Ehe zu erzählen, würde sie ihr Mundwerk nicht endlich zügeln. Endlich schwieg die widerliche Frau. Wenn auch aus Angst vor einem Skandal.

Spencer hatte Rita geheiratet und war nach Detroit gezogen. Doch den Chefarztposten hatte er wenige Monate später verloren. Zu viel Verantwortung für den alkoholkranken Arzt, so berichtete man uns. Spencer brach zusammen und musste zwangseingewiesen werden. Seine reiche Familie wandte sich von Spencer und Rita ab. Spencers Mutter gab Rita die Schuld an allen und weigerte sich für Rita und ihre Tochter aufzukommen. Jetzt wohnte Rita wieder bei ihrer Mutter. Mit einem kleinen Kind. Ohne finanzielle Mittel oder einen Job. Trotzdem versuchte Mrs. Miller, die heile Fassade aufrecht zu halten.

Zwei starke Arme legten sich um mich. „Du glaubst nicht, was ich eben erfahren habe. Rita hat die Scheidung eingereicht. Und sie wird ab nächsten Monat die Poststation übernehmen. Sie hat Karen gefragt, ob sie Platz für ihre Tochter hat." Sagte Jacob breit grinsend. Er drehte mich herum, um mich zu küssen. „Hast du Rita dazu geraten?" Fragte ich neugierig. Ich wusste, dass Jacob darüber mit Rita gesprochen hatte. Wir hatten die kleine Arztpraxis wieder stundenweise geöffnet. Die Menschen, vor allem die Älteren, waren darüber dankbar. „Ja, ich versprach ihr eine Bescheinigung, dass Spencer nicht in der Lage ist, sich um seine Tochter zu kümmern. Damit er ihr das Kind nicht wegnehmen kann." Erklärte Jacob ernst.

„Habe ich Grund zur Eifersucht, Doktor Hallmann? Wenn man den Gerüchten Glauben schenkt, ist Rita ziemlich oft in der Praxis." Scherzte ich. Denn ich konnte mich auf Jacobs Liebe verlassen, das wusste ich. „Niemals, Doktor Mary Hallmann. Seit dem Tag damals in der Eingangshalle des Krankenhauses gehöre ich dir. Nur dir." Sagte er versprechend.